U0062310

埃德蒙·雅贝斯文集

埃德蒙·雅贝斯文集

相似之书

[法]埃德蒙·雅贝斯 _ 著

刘楠祺 _ 译　　叶安宁 _ 校译

GUANGXI NORMAL UNIVERSITY PRESS
广西师范大学出版社
· 桂林 ·

相似之书
XIANGSI ZHI SHU

LE LIVRE DES RESSEMBLANCES
Author: Edmond JABÈS © Éditions GALLIMARD 1976 for *Le Livre des Ressemblances I*,
1978 for *Le Livre des Ressemblances II* and 1980 for *Le Livre des Ressemblances III*.
Translated by LIU Nanqi
著作权合同登记号桂图登字：20-2017-211 号

图书在版编目（CIP）数据

相似之书 / （法）埃德蒙·雅贝斯著；刘楠祺译. --
桂林：广西师范大学出版社，2020.12
（埃德蒙·雅贝斯文集）
ISBN 978-7-5598-3303-7

Ⅰ . ①相… Ⅱ . ①埃…②刘… Ⅲ . ①长篇小说—法
国—现代 Ⅳ . ①I565.45

中国版本图书馆 CIP 数据核字（2020）第 192323 号

广西师范大学出版社出版发行

（广西桂林市五里店路 9 号　　邮政编码：541004）

（网址：http://www.bbtpress.com）

出版人：黄轩庄

全国新华书店经销

湛江南华印务有限公司印刷

（广东省湛江市霞山区绿塘路 61 号　　邮政编码：524002）

开本：710 mm × 930 mm　　1/16

印张：26.75　　字数：270 千

2020 年 12 月第 1 版　　2020 年 12 月第 1 次印刷

印数：0 001~8 000 册　　定价：76.00 元

如发现印装质量问题，影响阅读，请与出版社发行部门联系调换。

作者像

埃德蒙·雅贝斯，1912 年 4 月 16 日生于开罗。

1957 年被迫离开埃及，定居巴黎，后选择加入法国国籍。

1959 年出版诗集《我构筑我的家园》，收录 1943—1957 年间的诗作。

自 1959 年起开始创作《问题之书》：

1963—1973 年出版七卷本《问题之书》。

1976—1980 年出版三卷本《相似之书》。

1982—1987 年出版四卷本《界限之书》。

1989 年出版一卷本《腋下夹着一本袖珍书的异乡人》。

上述十五卷流亡中诞生的作品构成了埃德蒙·雅贝斯著名的"问题之书系列"，该系列作品因其创作风格的独特性而难以定义和归类。

埃德蒙·雅贝斯现已成为众多专家学者研究的对象，其作品已被译成包括英语、德语、西班牙语、瑞典语、希伯来语和意大利语在内的多种文字出版。

埃德蒙·雅贝斯于 1970 年获法国文学批评奖，1982 年获法国犹太文化基金会艺术、文学和科学奖，1987 年获法国国家诗歌大奖，并于 1983 年、1987 年分别获意大利帕索里尼奖和西塔泰拉奖。

埃德蒙·雅贝斯于 1991 年 1 月 2 日在巴黎逝世。

目　录

第一卷

|相似之书|

从它与书的相似，到与它相似的书。

本书是所有书相似的场域——也是所有场域相似的场域。

*

造物主唯重复造物主所言：而人呢？呵，人也重复造物主所言。

书既是造物主全能的场域，也是造物主武功尽废的场域：既是他彰显全能的场域，也是他屈尊取辱的场域。

当造物主把自己变成人的时候，人便借相似而成为造物主。

可读性一旦瓦解，难辨之文字便蠢蠢欲动。

于是，循环开始……

*

在我们的参照中心里，相似性是不是最广泛采用、最受他人认可、且最为那些试图了解我们的人所接受的判断标准呢？

"你就是那个你与之相似的人"——可每次我相似的都是另一个人。

我们能否就某种相似达成共识呢？但前提是，何谓相似？

表象迷惑我们。相似便是表象的荧惑之光。我们能否借相似一睹其真容？

这是一部相似于某本书的书——它本身不是书，而是其尝试的映象。

书中的人物相似于我们已经熟悉的人物——但其本身仅为虚构的角色。

本书将为七卷本《问题之书》①中借追问与沉思、叙述与评论而获取的那些讯息提供某种新的维度。

本书是《问题之书》的姊妹篇么？显然，若无《问题之书》，本书绝不会问世。但本书自身会依然存在，就像每卷已完成或尚待完成的书一样，它也属于《问题之书》有争议的延伸或继续——作者与之已难分彼此。

*

镜子前，萨拉正赤身打量着自己的裸体。她端详得细致有加，因为她知道自己的身体已离她而去。

谁是身体不争的主人？我们尽可以让灵魂闭嘴或言说。我们尽可以完全躲进灵魂。但躲进去的是灵魂的身体么？

萨拉四周，她的那些男女同胞因为警察局户籍档案中的"犹太裔"标签而被捕。而灵魂是无须身份证的。

她仔细端详着自己瘦削的脸，这张脸让她害怕，因为在这张脸背后，她分明看到了主流意识形态控制下的那些新近死难者的面孔。

① 《问题之书》(*Le Livre des Questions*) 是雅贝斯"问题之书系列"的第一部，全书共分七卷，出版于 1963—1973 年。

那是 1942 年，法国。

萨拉，三十二年后，镜子前的你在干么？就好像当时你幸免于难了似的？

"呵，萨拉，"于凯尔曾经写道，"你美妙的、令人心醉的身体犹如童年时远眺的风景，令世上一切胜景黯然失色。"

> （我再也无从知晓我生活在哪个时代，生活在哪一刻。
>
> 于凯尔，胳膊肘支在窗台上，漫无目的地向外张望。萨拉读着于凯尔的一封信。雅埃尔穿过歌剧院广场的滚滚人流，向我挥了挥手——过去，那只手曾在蓝色的纸页上叱咤风云，把爱的词语奉献给她的恋人。
>
> ——过去，也就是说，在本书异象纷呈、书已散佚得七零八落的那个年代。
>
> ……在我们的悲秋那异象纷呈的年代里，四处散落着凄婉的书信。）

萨拉曾在给于凯尔的信中写道："我们的故事永远只是玻璃窗后所见的一部死亡岁月中的书的故事，在那儿，相似的事物叶落飘零。"

那个……的……或缺席之书

瓦迪什拉比说："我那个出生的日子；我那个死去的日子：呵，洁白无瑕的纸页！

"空白是最初也是最后的字词。"

萨尔塞勒拉比说："我们忘掉了造物主的语言。

"自古以来，这遗忘就是我们的羊皮卷。"

缺席同样意味着一个个相似的透明。

他说："在其他卷书里，从一部作品到另一部作品的追问已达至其最初——也是最后的——终结，在那儿，相似性为我们提供了一个全新的、近距离提问的机会——有如我们说起两种色彩时会把它们说成互补色一样——我们尚不知这种相似性比较会将我们带往何处，但有一点是肯定的：它已将我们引向同一部绵绵不绝之书的彼岸。"

有待阅读的，始终处于有待阅读的状态。

你在阅读。你把自己与那个已摆脱束缚之物绑在了一起——与那个将助你摆脱束缚之物绑在了一起。

你是一个应和之结。

……是一个天真之结、精巧之结，是可能与不可能的情事之结，是无限忠诚之结。

一、关于《问题之书》的七段评论

         阿米特拉比曾经写道:"呵,有谁会去细数我们书页边缘上那些被考问过的世纪呢?"

         阿尔齐拉比说:"每个世纪都给我们留下了其空白页。

         "永恒不过是逃脱了书写的无数纸页。"

《问题之书》

    《问题之书》是一部记忆之书。

    虚构的拉比们对有关生命、话语、自由、抉择和死亡的不竭追问依次做出回答,而那些拉比们的声音已然化作了我的声音。

    两位迷失的恋人阅读了这部作品提供的答案。我自己也试图在传统的边缘和字里行间再溯源头。

为了生存，我们必须有一个名字。为了进入书写的世界，我们除了使用这个名字之外，还必须接受使这个名字永存的每个声音、每个符号带来的机遇。

一首爱情之歌从一曲质朴哀伤的牧歌声中响起，它终归是一首希望之歌。这首歌的主旨便是希望我们去见证话语的诞生，并在更为真实的维度上见证那不断升高的受难门槛，这一点已由受难者群体所证实，而其呻吟将世世代代由殉道者们所接续。

1963 年

"这部关于萨拉和于凯尔的传奇，通过赋予虚构的拉比们以多种多样的对话和沉思，讲述了一个关于被人和词语毁灭的爱情故事。这个故事具有书一般的分量，也具有对一种漂泊性问题的苦苦追求。"

《于凯尔之书》

作家自我诘问的场域贯穿于缺席之书。那是一个生命之前的场域，是我们曾生活过的死亡的场域。它横亘在已写就和待书写的作品之间。

因此，若看到有些人物似幽灵般现身又何足为怪呢？

字词穿越过这个空间，犹如空中翻飞的白鸟。一经读者阅读，它们才会以一种不可预测的顺序翩然落地。

从于凯尔的自杀到萨拉之死，书中的每一页都是宿命的代价和告白的声音。

宇宙形成于宇宙被赋予形式之处。

叙述、对话、反思和祈祷纷至沓来，地平线上，一座座孤峰凸现。但呼号依旧召唤着呼号。它便是那株常春藤和那个符号。

1964 年

"有个作家和字词一起出逃了，有些字词、有时只是一两个字词随他一同赴死。一个字词首先是一只蜂巢，其次是个名字。两个名字争抢我的心和我的灵魂。我发觉它们深藏在我身心中幽密的深处，我在黑暗中度过的正是它们的生活。像你昨天一样，我如今精疲力竭。我的过去因掠夺和迫害而沉重。我的往昔把头垂向虚幻的倚靠，那或者是一条同情的臂膀，或者是我的桌子。

"我再无豪情。你把我扔进白昼，我就是白昼里那条豁裂的过道。

"——作家是什么？——赫德拉比曾向一位有名的说书人提问——是文学家么？不是；他不过背负着一个人的影子。"

"你就是此人，于凯尔，你就是这个英雄和这个殉道者。

"我马上让路。

"你从惩戒营归来后，全身心投入最后的时间，而我的纸页嗅到了你信仰的灰烬。

"书便是伤痕的一瞬，或永恒的一瞬。

"这世界唯有我们俩。"

《向书回归》

小草没有其他念想，它不过想留住绿色，卵石也没有其他野心，它不过想见证水和沙的分离。就在此时，联结变成了作品，书变成了世界。

作为《问题之书》上部中的最后一卷，《向书回归》沿着其自身的轨迹向纵深发展。

作品通过一个故事，让我们见证了两个犹太青年的爱情，目睹了他们之间的爱如何被毁灭。但这个故事并未采用叙述的方式展开，而是由虚构的人物引领着我们，借问题与对话而直抵语言和诗意之冥想的源头，在那儿，"造物主就是对造物主的考问"。

本书历经书内和书外两次书写。这是一种双重的体验，词语的命运与犹太人的命运在此重叠，因为"犹太教与书写无非是同一种期待、同一种希望、同一种消耗。"

1965 年

"你能否听到流动的风或静止的水？一份契约即是一把无声出鞘的短剑。因此，相互联结就意味着绳缠剑锋，意味着在不能打结之处重又不断地缠上绳结。

"自由意味着一份契约，它将我们导回到契约当中。

"我活着，就有奇迹。我是斩断了这份绳结之契约的生命。

"我需要你，暂歇之人和光环中人；这不是为了继续生存下去，恰恰相反，是为了在墨水中终结和固化我的生命。

"在灰烬与火种中。

"如今我得知，一页纸与另一页纸联结，便如同字词与其使役的符号联结。

"那是符号与符号的联结，或是符号与符号之缺席的联结。

"在已扣减而被黎明放行的时辰尽头，在萨拉失去于凯尔的道路尽头，在犹太人与犹太人一同消殒以保存其信仰之地，回归书，便是回归元气和誓约。

"一旦你开始对自己负责，你就只会依靠自己了。继我之后，让你和我一起成为那最后之书的根基吧。"

———————————

《雅埃尔》

本卷分为两部：《叙事之前的时间》——这是本书挥之不去的念想——和《叙事的时间》，以一部日记的形式展示给我们。

雅埃尔，一个女人，在沉默的往昔中挣扎，以一个胎死腹中的孩子作为象征，表达出她对未来的渴望。

她是本书的话语，唯有她拥有一个名字。

与她结合的那个男人被其谎言激怒，以为是自己一时悲愤杀死了她。事实上，是她自己了断了自己，这起谋杀实则是造物主在创世中心的自尽。

说书人依据雅埃尔留下的线索，开始了对真相的痛苦调查，直到他在自己模糊而执拗的记忆中领悟到那其实便是他的原罪。

由是，书作为证人——它目击了一个时代，那时代既晦暝不清，又被其毁灭的时间火花所揭示——而自我考问。

1967 年

"……这梦先是从一阵可怕的灵魂窒息开始，继而化作死亡的玄象，接着又变为一本普通的日记，在那儿，昼与夜迎头相遇。"

《埃里亚》

在前面的故事中，雅埃尔与语言已化为同一，在那儿，人没有了音讯。

在这个故事里，或许是为了终结，她让埃里亚——那个她初恋时胎死腹中的孩子——加入进来，使这部作品得以延续。

"书中藏着一张脸，我们的书写让它皱纹满面。

"书越古老，这张脸就越纯洁。"

这张脸——因激情破灭而沉默——无论与人结盟还是关系断裂，都是埃里亚的脸。我们将被召去逐页破译这张脸，直至其最终和难以预测地变形。

于是，在那本书破碎的边缘，一个凝固了的无辜的生命让我们对那种将他者——是我们么？是造物主？——卷入其强横且充满争议之缺席的生活开始沉思。

1969 年

　　"呵，雅埃尔，在沉默的另一端，你破碎的名字已经在死亡中重组，可谁把这件事搞得如此拙劣？

　　"字母的顺序被粗心地打乱了，一个不熟悉的名字'埃里亚'在沙上显现出轮廓，那地方很久以来就没人指望会有人迹出现。"

　　"死亡便是这样让我们活在无法实现的生命之梦中的。"

《亚埃里》

　　或许，书写就是死亡门槛上揭示给自己的那个词语。

　　由此，转瞬之间，本书让我们一睹其真容，让我们借亚埃里的目光——那一切与虚无之眼——去破译它，那目光也是律法难泯之目光，它统领生与死。

眼珠（œil）当中有律法（loi）。每一道目光都包含法则。

航迹无穷，作为其符号中的符号，本卷作品对自身，同时也对孕育本卷的前几卷作品进行了反思。

1972 年

"所以，亚埃里会在某个预设了话语的模糊空间里观察我们。

"谁能预见到沉默会如此耐得住性子？呵，黑夜。

"世界让我们和平相处，除非我们自己纵容各种胆大妄为。

"某种东西想要毁灭我们，即使已经毁灭了我们，还要把哪怕包含了一丁点儿我们的残留之物也都统统毁灭。

"有一种毁灭伴随着所有毁灭的过程，它在养精蓄锐，以便在未来毁灭掉所有毁灭。

"亚埃里，便是那最遥远的能量。

"……那是最遥远的、未曾设想过的能量。

"空无会从最后一个字母开始重组我们的名字么？

"听听时间的呼吸吧。永恒的呼吸难以察觉。"

《·(埃尔，或最后之书)》

故事从符号中诞生，并把我们掷回了符号。

"……écrit（书写），récit（故事）：同一个词语，但字母不动声色地颠倒了顺序。

"一切书写都在和我们分享它们的故事。"

十年来，一部书——既是同一部书又总是另一部书——在某种循环运动中带来其自身的诘问，每次范围都延伸得更广。在安危未定的边缘地带，那些问题被不厌其烦地屡屡问及。

"在此，昨日的循环缩成了点，而循环的提问变成了向点的提问。"

这部循环的作品能在这个点中找到其合乎逻辑的结论么？

这个点——终极的踪迹——或许也是本书恒久轮回的那个场域，是恒久轮回的某个确切的时刻。

随着本卷的结束，七卷本《问题之书》就此完成。

1973 年

"我抵达了那难以想象的死亡的顶点了么？在那儿，死亡搅散并淹没了亚埃里的目光。死亡拒绝了字母，拒绝了字词，它也因此挣脱了所有羁绊，当然也摆脱了书。

"可怕的义务：在被终极缺席玷污的反光之处猝然屈服——屈服于非存在的地狱般的环境。

"虚空像造物主一样没有名字。沉默另一端的目光与书的最后一个句号一同化为石头。

"从此再也没有了话语的言说。"

二、关于本书

　　我们所说的本书，其作者隐藏在不同的假名背后。甫一开始，这些假名表现为时间之初的声音，随即又变幻为诸多既熟悉又陌生的人物：因为作者本人对其自身和自己的书都很陌生——尽管有人声称他既然以书为工具，所以这书就应当非他莫属——实际上，这是一部由所有书所承载的书，这当然可以说是书的机会，但也难免是书的损失，任何作者对此都爱莫能助。这样的一部作品不可能存在，因为它太过宏大广肆了。它伴随着我们的书。它为这些书提供灵感。若当真有这样一部书，定可以成为范本。正因为它并不存在，它便成为书挥之不去的烦恼，且实践中，我们既无法准确说出其爆裂的地点，也感受不到其爆裂的范围——其中是否还羼杂着母亲和孩子们的呼号呢？——或许，那只是字母和字词竭力挣脱自身时发出的呼号，就像本书那位虚拟的作者之所以竭力挣脱自己的生命，只是为了能让生命化身为书写：

　　化身为他的死亡的书写。

*

　　若以为《问题之书》的任何一部分都能适用于某种创作理论，那就大错特错了。

　　一定要说理论的话，它也只能是出自某种追问，那追问触及人的程度和触及词语的程度是相等的。此时，人如果正在写作，那追问就恰好变成了字词。不安与焦虑皆肇始于此：即独自面对自我——就像人板起了脸，就像人头撞头打架一样——在书中，就意味着一个词语独自面对下一个词语时，要么容忍，要么战斗，因为那个词语遽然占据了我们的地盘。重要的是我们还要知道，我们会成为什么，会在哪个宇宙里演进，会以何种节奏、沿着哪条路径演进，会通过何种恰当的生或死的方式演进。

　　又会成为哪一类被删除的牺牲品。

　　我们身上的一切都依照着某种程序运行，毁灭同样如是。书无非是其表象，除非有相反的情形出现。

*

　　我们离开书是为了进入书。可一旦进入，出口就不见了。

　　那么，离开书——不去进入这本难缠和虐心的书，而是避开它——是不是就能闭目长舒一口气了呢？

　　我们只能大睁双眼而写，看到的也无非是踌躇满志行进时或惴惴不安后撤时所学得的东西。

如今，那位《问题之书》的所谓作者能记得的，只有他在书中的缓缓推进以及他是如何被书抛弃的：他从一个特许的场域中被驱逐，只因他以牺牲生命的代价行使了自由的权利。

*

但凡有遭受虐待和迫害的地方，就必有犹太教徒；可面对命运，犹太人总是独自承受。对同胞们的喜悦，他只能分享片刻。为了生存，他必须退避一隅，因为距离才是最好的保护。他与外界的联系必须和这种退避相洽，必须和必要的距离相洽，俾其能在此空间内活动、言说、死亡，仿佛他的路总会通达更多的路，仿佛只需一卷羊皮纸便能收纳他的律法，因为——这是他四处漂泊的一个具体形象——羊皮卷徐徐展开，永无休止，便能体现出这种由诫命强调的难以计数的距离，那是犹太人必须跋涉的距离。

语言是相似的混合体——是相似度的测验与逆向测验。因此，书写意味着要穷尽一切相似，并标注出相似的阶段与程度。

我们从一幅画作中所看到的，可以为我们释放出其原有的意义，仿佛它在心灵中的再现是一条通往揭开幕布之图画的坚实通道，是一座桥梁，是对其意义的某种启示。

诘问就位于这一抵近的层面上。

宇宙之于我们运行其间的这个关系密切的宇宙的相似性是显见的，它在我们内心深处的投射也是显见的，在那儿，我们再也无法辨别出什么是它的本尊，什么只是它昭告天下的、公认的相似。

（相似性剔除了非本质的因素。它将形式、观念、隐喻和组合词的循环再次从本质中建立起来——使其在物体间的关系与亲缘上成为被保留下来的必要方面。

于凯尔曾经写道："呵，萨拉，我们太相像了，因此相似对我们已毫无意义。"

所以，造物主——"埃尔"①——就谈不上相似，因为他只能像造物主。

埃里亚夫拉比曾经问道："我们能和本质上绝无相似性的那一位②相似么？"

有人这样回答他："我们不就是没有形象的虚空之意象么？"

不过，利奥拉比对此却持有不同看法。他曾经写道："若造物主如我们所知，是以选择一个点的方式来表现自己的，那不就等于告诉我们说他与那

---

① 埃尔（EI），是上古时期闪族对神力的称呼，含义为"具有力量"或"权力"，暗示神的作用和地位，主要在《塔纳赫》（即《希伯来圣经》）的诗句中出现，常和其他词组合在一起称呼上帝。

② "那一位"（Celui），此处指上帝。

个点是相似的么？"

　　他接着说道："一旦赤裸，我们就只能成为所有书中的一个点，到那时，我们与造物主就能完美相似了。"

　　此外，本沙巴德拉比也曾写道："那个点在其相似性之外揭示造物主。"）

三、思想的游戏

"思想如洞穴，"雅埃尔说过，"我们会葬身其间。"

萨拉说过："于凯尔，当我迷失时，当思想弃我们而去时，但愿只有你在我心中。"

　　（阿贝德拉比写道："可以说，一种思想与另一种思想的相似之处，就在于它们都求战心切。

　　"在造物主心中，由于我们的好奇心和选边站队，思想之间的争斗将成为永恒。"

　　永恒意味着相似性的冲突。

　　思想之外无永恒。造物主在思考时，便是其思想的永恒。

　　加莱伯拉比说："永恒同样是思想的某种咄咄

逼人的形态——它对一切瞬间生成、自命不凡的思想火花都富于攻击性。"

萨亚格拉比则说："呵，但愿我们的思想能比瞬间更长。那样，思想便会让我们预先品尝到永恒的滋味了。"

内心深处，书始终有其难言之痛。）

*

（两种思想不过是同一颗火星，却又各言其是。

不存在同样的思想——它们在某个点上总会有所差异。比如说，一种思想较之另一种思想总会更为明澈或更为暗淡一些。

盘踞脑海的是你的主导思想。不过那也可能只是某种倏忽回归且已受伤的思想。

我们是否应为我们所思考的每一个思想付出代价？这代价又是什么？

阿布西尔拉比说："灌溉你大脑的鲜血是从你

思想中倾洒出去的。是你浇灌的。"

他接着说道："我们的思想不会比我们体内那五升鲜血更有价值。

"我们的躯体早已备下网状的思维系统以输送血液。因此，传统思想和现代思想在我们体内是纵横交错的。"

阿佐埃尔拉比问道："健康的躯体！思想的希望。未来存在于我们的鲜血中么？"

有人回答说："躯体的未来是有限的。躯体所施，依其所取。其最后的馈赠便是死亡。"

盖达理拉比写道："鲜血既是生命之河，也是死亡的红色汪洋。

"宇宙沐浴在我们的鲜血当中。"

卡姆西拉比说："死亡同样也是一种思想——就像生命一样，因为生命始终不倦地思忖死亡。"他又补充道："死亡存在于每一缕思忖当中，一如思忖中的思想。"

你在前行。你的心智与你同行。心智始终运行。所以心智的运动和躯体的运动同步。但躯体的节奏永远赶不上思想的节奏。

思想再造躯体。我们眼中的躯体是思想的意象，是我们所保存的嬗变的意象。

你的躯体是一部思想之书，永远无法全部读懂。

嘉德拉比说："造物主之书在我们体内。"）

——在我们恰当之阅读的边缘，一个难以辨读的词语依旧是潜在的字词。它躲得过眼睛，可躲得过空无么？

此时，眼睛是死亡所倚重的封喉利器么？

——无形是期待中的书写，是可望与无望的书写。

于是我们被引导着靠近书。我们所读的，永远都依赖于可以被读到的。

——我们说，肉体之所以为肉体，只因其经语言而朽，在那儿，面对着人未定的权力，无计可施的造物主放弃了其至圣的威权。

（"呵，爱人，"于凯尔在给萨拉的信中写道，"造物主像白昼一样追逐我们，届时我们的爱将被悉数缴还。"）

Ed，或第一缕雾气 ①

"但有雾气从地上腾，滋润遍地。"

（《创世记》第二章第六节）

"为了创造人，他让深渊中涌出雾气直冲天穹来滋润大地，然后又像面包师调水和面揉捏面团一样创造了人。"

（拉什对《创世记》第二章第六节的评注）②

---

① Ed，即"雾气"或"水雾"。

② 拉什（Rachi，约 1040—1105），法国著名的犹太教拉比、诗人、法学家、作家和哲学家，以其对《希伯来圣经》的《评注》（Commentaire）而名闻后世。

书之外的时刻

（他说："你识我，故我在。我应该将我的相似性给你。"

除了以思想之名献祭的所有思想在头脑中死亡以外，思想还能是什么？当相似性出现，通过它的提问得到验证，除了潜行的相似性走过的那段距离外，相似性又能是什么？

你说过："对相似性的思考，不就意味着对思想与字词之间的复杂关系进行思考么？这字词或传播思想，或删除思想。我们的同胞则完全借我们的相似或非相似而褒贬我们。

"日出前，思想的微光乍现。亭午时分，光芒照耀于思想之巅。所有影翳都是相似的。所有字母都在找寻同一个词语。"

词语谢绝一切相似，它只惠顾唯一的词语。

造物主难以书写。）

一

也许时间前来褫夺你的名字。这是漫长费时的苦差事。你抵达死亡时必得摒除身份，一丝不挂，重回处子之身。

曾经的你相似于你么？你如今仍心存疑虑。可你已从相似中受益良多。

你从来不曾超越你想让自己力图保持的那个距离。

……你的对手是你自己，也就是说，是那份不被认可的虚空。

所以，有获得才会有拯救。

要想病态地相似，须比虚空更为虚空。

知识之果禁摘采。吮指在口佯作甜。

*

（他说，我必须和你谈一谈这种被称之为创世
的无知：一种相似变得有形可稽。创世前一日，非
相似性还处于萌芽状态。视觉似瞽目的植物，茎秆
在薄雾中迷离难辨，而听觉好似未被寄居的贝壳。
心灵之雾尚在质疑植物，而尚未成形的贝壳已在思
念造物主，思念那个尚未为男人的男人和那个已为
女人的女人。而那个男人是随着第一滴露珠，经由
那个女人和大地，经由漂泊的那个人而存在的。

于是目光诞生了，有了它，就有了领域之间、
物种之间、自然与自然之间的相似。

而智力离不开视觉和听觉，手若想拥有智慧，
也必须协同起整个身体。

造物主在造物主中重新认知自己。而人却因为
急于摆脱造物主而质疑世界。

创世的所有行为都变成了与造物主之作品的
比对行为，一本书也因其与那本书的相似而大为
兴奋。

正因为如此，每本书才同时承载着造物主的苦
与乐。）

*

相信书，才能写书。书写的时间即信仰的时间。

我相信。我书写。可书相信我么？呵，请让字词们相信我吧。请为它们担保。

相似只有在相信的基础上方可运行。

信仰缺失之处，任何书都逃脱不了与书相似的命运。

相信方可领悟。

我们在书中前行，有如年齿日增，有如知识日新。

……从青涩少年到成熟壮年。从思想最初的拘谨到所向披靡。

*

　　思想，书写，意味着让自己相似于自己。书写和思想无非是向相似性的微妙靠拢，是一场贴身游戏，是面对客体、在空无中挣扎的变幻灯光。

　　思考相异，意味着相似永存。

　　没有相似的非思想。

　　时间标注相似。永恒将其抹除。

　　火在火中冒险玩着相似。

*

　　（思想与思想针锋相对，为的是在自己眼中证明自身正确——也是为了与相似抗争。

　　……就心智而言，相似性是一种将此前之思想清零的思想，有如撤销已从事的行为或掘起已种下的植物：它是一种曾经的思想。

　　思想的演进——有如创世——中，昨天是明日的阴影，光从中浮现。

　　思想被非思想吸引，向其靠拢，有如鱼群上岸产卵。

　　非思想，对鱼群而言是干燥的土地。

　　他说过："若有非思想的场域存在，那场域必定漫散而思想沦陷。正午：非思想的高地，瓦解思想的高地。"）

　　阿加什拉比说过："造物主以所有时日创造了白昼。他以此战胜了分离。我们要以所有的书创造唯一的书。"
　　阿贝德拉比说："我们会断然毁灭自己，因为毁灭的尽头是无垠开放的天空。"
　　他就此总结道："总有一天，我们会像造物主一样在天堂中书写有关生与死的无形之书。我们不再阅读造物主。我们将被阅读。"
　　一切终结无限透明。

　　（巴思隆拉比问："除了清除路障，还能怎样走向造物主？

　　"造物主置身于那些障碍之后，这些以血肉骸骨构成的障碍同时也是思想的藩篱。破除了这些障

碍，灵魂和肉体充其量不过是无名的尘埃以及尘埃
之上神秘的微风。"）

约书亚拉比说："我们造不出天堂之霓，因为不了解字母排列的奥秘，正是这些字母孕育了天与地。

"我们无法阻止光的熄灭，因为不了解字母组合的奥秘，它可以从黑暗中拯救光。

"呵，死亡，我们视你为一切生命荒诞而痛苦的宿命，因为不了解如何按生命的需求为字母分类，如能做到此点，你便会成为生命的酵母，而非生命的终结。

"人呵，我们不能在最后一刻拯救你，因为不了解字母秘密的习性，无法保全你的呼吸。

"我们的书是无知之书。"

他又接着说道："呵，都有哪些字母只产出一个孱弱的字词并见证我们的无能？造物主鄙视这些字母。可我们只能借这些字母才能阅读造物主。"

（尚道卜拉比说过："既然我们什么都决定不了，我们又怎能掌控自己的命运？

"造物主和人都很穷。一个是善施无所余，一个是欲施无所予。"

贝德舒拉比说："造物主存在于一切之中，意味着他超越一切而成为虚无。

"人存在于造物主之中，意味着人只是这种虚无赋予他的命运。

"虚无坚韧无比。通过这种坚持，神圣的奥秘一目了然。这是虚无的力量，没有它，一切就只能是心灵的投影。"）

*

不能自已的时候，我才重拾起我的笔。直到那时，我始终在千方百计寻求帮助，避免向字词屈服，避免向空白纸页的主张屈服。

我知道早晚有一天我会搁笔。这种确信让我既兴奋不已又恐惧战栗，有如站在解脱的门槛。

我没问自己如果不再书写我会怎样？我知道，只要不再书写，我就会死去。

人怎样才能既死去又活着步入死亡？肉体是个难解之谜：它是宇宙也是坟墓，是坟墓的宇宙也是宇宙的坟墓。生命约束不了肉体。

我写出的东西引着我——沿着同一条路，却反向而行——在黑夜中走向我再也不会书写的东西。

一本书出版时你是否曾经自问，若这本书不是印刷厂发给你的法定死亡证明，那么"印讫"意味着什么？

平庸之死。我已死过多少回了？还有最后一本书渴望以这种方式获得认可。我是否一直在那本书泛黄的纸页上书写呢？

（虚无，执拗之根。）

他说："在每本书里，我们都是活在同一本书里的死亡。"

——字词联结起我们，又中断我们之间的联系。将来的某一天，我的自由会属于它们中的哪一个？

——只属于一个。就是你被撕碎的那个名字。

造物主杀死了那个杀死他的圣名。

暴戾，呵，如此暴戾的自由。

如果说《·（埃尔，或最后之书）》为《问题之书》画上了句号，那么《相似之书》可能会在书中以终结生命之书而结束。可我的这种冒险会走到哪一步呢？

永恒面前，所有生命只能短暂得可笑。

阿萨亚斯拉比写道："不是生命将要击垮我们，而是我们将要击垮生命。我们将死于自己的手、自己的空无和自己的错误。

"我们的一举一动都在与生命作对，尽管我们所说的与此截然相反。

"出于对生命的渴望，我们佯装不去理会肉体与精神仅仅是死亡以其感觉和思想为媒介而赋予我们的若干瞬间，佯装不去理会知识无非是惕厉之虚空的诱饵。

"将林木葱茏的生命之路连同其千年之根焚烧净尽，将曾经深不可测的死亡之窟用尘灰一锹一铲填平，如果这就是对原罪的解释，该当如何？"

西默洪拉比说："我们不求干成。但求废止。"

（——告诉我，您是怎么让自己消失的？

——很简单：打碎自己的名字并分成两半儿。这样，我的缺席就会一目了然——有如打开首饰盒示人一样。

——您是谁？这是我第一次在书中对您说话。

——我从未离开过书。

——我能听到您说话，但看不见您。

——您听到的是书的话语。

——尽管我不能理解您的话，您的声音还是震撼了我。

——那声音是书的沉默。

——也是我的沉默么？

——是所有声音的沉默。

——可，您在哪儿？

——书中的每个人物都是我的替身。想想看，我能让他们统统牺牲而让自己苟活么？

——这么说，您现在什么都不是？

——我之前，有书存焉。我之后，亦有书存焉。还有谁会去辨别我的声音呢？）

或许，书写就意味着在相似的核心杜绝一切相似，意味着最终与自我相似，与空无相似。

*

没有什么事是真实的。每件事都可能是真的。

我们的苦难在于我们无力把握属于自己的全部生命，在于绝望之余我们寻死觅活却不肯承认失败。

他说："每一个单独的巢中都有无数个名字。
"总会有鸟儿用凄唳去充塞这个虚空的空间。"

他又说："造物主时而是胜利之双翼，时而是铄羽之利器。对与他相似的造物，那既是有幸飞翔的可能，也是将羽翼固定于地面或墙上的钉子：此即希望与不幸。
"心灵唯识此双面造物主。"

名字的深浅浓淡，堪比云霓的色调变幻。
命名：将细微的色差分门别类。

钻石中的絮状物：此种瑕疵的阴影令宝石掉价。

而在南半球的天空，呵，麦哲伦云①，你们不就是那无与伦比之光的两片白色斑点么？

对沉默的渴望中，我们依赖的是血与血的相似。
依赖的是皮肤下孤独与孤独的相似。

二

所有书与那本失去的书都暧昧地相似。

他说过："我们每个人身上都有一本能把我们化作字词的书，就像血生成于血一样。
"每句话语、每个字词都回应着一次心跳。
"书的价值就在于同盟的价值。"

身体在身体的喧嚣中呈现自己。灵魂因血缘的遥远而成为膨胀的词语。

---

① 麦哲伦云（nuées de Magellan），银河系的两个伴星系，在北纬 20°以南地区升出地平线。它们是南天银河附近两个肉眼清晰可见的云雾状天体，是重要的天文观测对象，也是星系天体物理资料的重要来源。10 世纪阿拉伯人和 15 世纪葡萄牙人远航到赤道以南时，都曾注意到这两个云雾状天体，称之为"好望角云"。葡萄牙航海家麦哲伦于 1521 年环球航行时，首次对它们做出了精确的描述，后来就以他的姓氏为其命名。

同胞呵，你以为终会归于同一个字词，其实不然。

我们的笔只在瞬间的血脉中畅饮。

> （脸的行列。疯狂的节日之夜。相似以其死亡下注，以其相似性下注。
>
> 从一开始，诅咒就降临到所有的脸上，降临到引爆那张脸的所有狂欢当中：这是有着 N 个维度的空间。
>
> 他说："神圣的禁令并不针对形象，它针对的是形象造成的相似。造物主不喜欢面对面。"
>
> 在……里认识自己。复制自身的相似性。
>
> 命定的再现！就像希图存在——揭示自我——我能带给视觉的只有空无。
>
> 我们将击败那常见的景象：我们将歌颂火，歌颂瞳孔里燃烧的瞳孔。）

创世伊始，语言就希冀相似。

因此造物主在话语中遭遇了他的相似性，人在造物主中遭遇了自己的相似性。

所有造物都是相似的结果。都是铤而走险实现的自我认可。

我们创造出的一切都与我们相似。造物主唯有跨越相似——犹如跨越重洋——才能创造出人。

若说造物主是依自己的形象创造了我们，那只能坐实这样一点：一个逻辑演绎。

造物主完美地融入人的逻辑，而人的逻辑始终矛盾重重。

"创世排斥我们"，这意味着它不再相似于我们，意味着它怀疑自己与我们有相似之处，而我们却徒劳地寻求控制这种相似。

宣称造物主将在我们期待他的地方降临，与宣称他不会在我们无意期待他的地方降临同样毫无意义。

有信仰并不意味着期待造物主，而让他期待我们反倒可以满足我们自己的期待渴望。

造物主是所有期待中不合逻辑的期待，是改头换面的永恒。

造物主说出了已言说的期待。

我们本该只追求生存，可我们却在追求喜悦。

他说："书是文字中任何存在的非逻辑缺席；这就是造物主的明证。"

他又说："看似不合逻辑的东西往往引领我们通往神圣逻辑的坦途：一座没有门的大门。"

萨蒂耶尔拉比写道："存在于书中只能意味着让我们缺席。造物主总是在造物主中缺席。"

未知面前，我们便再无逻辑可言。不唯如此，还会有这样一种荒谬景象出现：逻辑被打翻在地，撬棒碎片着实撒满一地。

未知比世界还要沉重。我们难以承受。

巴斯利拉比问道："什么力量才能抗衡虚空的力量？它一无是处，却唯有它能支撑一切。"

未知无法摧毁虚空。只能使虚空有些目眩神迷。

生命掌控着由它点燃的斑斓色彩。而死亡只能掌控它强征得来的一种色彩。

第一道阳光乍现时，作家和画家便分道扬镳了。

唯有一种色彩专为字词而备，那就是死亡的色彩。唯有一种死亡为字词而备，那就是色彩的死亡。死亡的色彩是永恒的：它以黑色的灰与白色的灰用水调和而成。

作家属意两种色彩并死于其一。

一种色彩即足以致盲。

有朝一日，白色将不再是颜色而最终化作深渊。

他说过："黑色将吞噬我们。"

未知位于生命的尽头，死亡的起点。

已知唯有在已知中才有出路。未知是一条死胡同，是一道被墙遮挡的地平线。

出口或许就是答案。此路不通则是问题。

死亡不是问题，出路才是。

出口是我们在自己界内挖的大坑。

在已知的渊底，心智缴械，未知潜伏。

虚空拥有为开放而准备的未知。

书依赖虚空。

我们的字母为眼睛跟踪一个空白字词，造物主就是那个空白字词的呼号。

任何笔尖都是呼号的笔尖。

造物主的呼号是所有缺席的呼号。

塞格雷拉比写道："造物主把缺席这一概念拔高到了极致。在此高度上，书对书开启。"

造物主是书的缺席，而书则是对书之缺席的从容解读。

造物主之外无书。

三

你所说的与你试图所说的有些相似，但始终未能超出试图的范围。

动身去探索未知，或许只是私下里想满足我们发现它与已知之间是否存在着相似的愿望。

没有腐败的未知。

（——这些黏土或大理石雕像之间与什么相似？

——恐怕只能证明它们与自己有些相似、与它们所希望的相似有些相似罢了。

第一尊雕像——我们没有任何正当理由便借造物主之名把它抢来——对我们徒劳地想以它代表宇宙惊奇不已。

我们相似的起点是无知。所有知识整饬于此。

未知或许是神圣的无知。此时，甚至造物主的知识也会大打折扣。

未知不复召唤之地，造物主不会存在，人也不
会存在。

造物主与人都在谛听某个朴素、未卜和莫辨的
召唤。

我们过去曾把它变成一个问题，因为生怕有朝
一日会听不到这个召唤。）

穷尽一切知识来对抗未知。除了对抗这一未知，没有什么值得你与
之相提并论。

未知之后若是造物主，又当如何？

阿尔毕卜拉比说过："造物主重返造物主，如目光重返目光。

"探索无限，必须义无反顾，一无所视，安于黑暗。"

（从相似到非相似，从知识到全然无知：只有
这样，白昼才能造访黑暗，书写之路才能得以蜿蜒
前行。

造物主废黜了光。

光是神圣的形象。

造物主是造物主的受害者。

造物主之夜是视觉的黑夜。

萨菲尔拉比说："造物主说过，你不可崇拜任何偶像，这就是在告诫我们说，要警惕狂热的偶像崇拜，因为那会动摇我们的思想。"

一个弟子反问道："如果造物主在明令我们不得崇拜任何偶像的同时，却去为某个各路偶像都在其中相互争斗、相互撕扯的思想辩护，那该怎么办？"

神圣的报偿转向那个最穷的人，转向造物主。

一个年轻的拉比说道："造物主现在最穷，他曾经富有天下，但他丢掉了宇宙。"

所以"善始于自身"那句谚语想来出自神圣的源头。

造物主保护造物主，即便其相互指责。

他说过："根本没有造物主，只有造物主的光荣辉煌与意气消沉，即一个互不相容之宇宙里的日与夜。"

造物主超越造物主，如无源头之呼吸，如呼吸中之呼吸。

萨班拉比问道："谁在呼吸？是我身上的造物
主还是造物主身上的我？

　　"我绝对相信我们俩同呼吸。"

　　对此有人回答说："有两种呼吸让我们感兴趣，
一种是生命的呼吸，一种是死亡的呼吸。造物主是
第二种。"

　　死亡是地平线的任何维度。）

四

　　（真实是造物主宁静的属性。）

　　把也许只是一部分真实设立为真，哪怕真实作了担保，离深渊边缘
也只有一步之遥。

　　虚空令我们空虚。走向真实意味着自我清空。它针对的是肉体，动
用的却是你整个身心。

　　虚空之径是真实之径，是怀疑之径的迂回。

　　用逻辑克服障碍——逻辑保护我们的安全，我们得把安全托付给

逻辑。

生命守护的只有死亡。它在守护，既守护我们也守护它自己。

生命不过是充满活力的死亡。

书之外的时刻之二

作家自杀的意义或许如此：终于可以为无意义赋予某种意义；而自杀虽无意义，却始终拿捏着他。

呵，死亡！

永久的家园。

为了能直接探究我与那个人——我认为我即此人——之间的相似性，我是否已搁笔经年？似乎只有在与词语、与词语的苛求和喧哗保持一定距离时，这种相似才能在我的感觉和心灵中露头，这一点我甚至要以字词本身为楷模，学它们去求助热心的间距所提供的距离，用以将一己特征与其他字词进行比较，并最终分享其中某个能从中认出自己的字词的命运。

……不过，一直以来，我不也是从自己洇了墨的手指间蹦出来的某个词语么？那词语四处漂泊，从句子到句子，从书到书，如今它或许早已销声匿迹，再无从被人读出。

（从再也无从看到我们的地方，距离与沉默让我们看到自己。

跨越了无限沉默，跨越了无限距离，造物主在他已无法看见的地方看见了自己。

他说过："你相似于我。可除你之外，还有谁知道呢？"

他又说道："切莫在我正在做的事中与我相似，而应在我未言之言中与我相似。"）

……一部书在书中的死，和其与死亡的相似是匹配的。

你在玩必输的游戏。你在和非相似碰运气：在和空洞的虚无碰运气。

可读之中的不可读或许标志着不再透明。

书之外的时刻之三

我料想书已写就，故事业已讲述。其实书从不曾写就，故事亦从未讲述。

我料想你很清楚你会读到什么，因此你也很清楚在那些尚未写出的东西中，在那些你知道已在别处写出的东西中，以及就在这本书中——我写的这本书，不管你是不是在读——你会发现什么。

看来这本书是以你所拥有的回忆或欲望为脚本写就的。

阿里耶拉比评论卡翁拉比时说过："他的记忆力超群。任何相似都难逃他的法眼。"

卡翁拉比总爱这样说："宇宙相似于宇宙，因为它能记忆。遗忘则是了结相似。"

一天，一个弟子问他："难道遗忘与任何事物都不相似么？"

卡翁拉比回答说："如果说闭上眼就能摆脱相似，那事情未免也太简单了。"

呼吸相似于呼吸，而窒息相似于窒息。生与死在执着于生死这一点上同样相似。

但凡草原都不会容忍这般奴役。

存在之物相似于存在之物只有在下述情况下才显得确切：相似于空无中的空无。

我们永远会对自己的模仿力、对自己有意无意的模仿、对神圣化的类比和某些妙喻感到不可思议。

（造物主模仿造物主，为模仿造物主的人带来福泽。）

前书的首个时刻之前

我们手捧的这一整个虚空是怎么回事？

他说："我们的相似性相似于一个风蚀了的无限记忆的残骸。"

都市贬抑脸，搅乱了脸的相似。
荒漠复原了我们被遗忘的特征。

荒漠是一面精打细磨的神圣之镜。

漂泊：在造物主和自我的不可能的相似中焦虑地寻求相似。

他说："漂泊无非是想实现让已被缺席分割的脸复原的愿望。"

加兹兰拉比在给阿斯兰拉比的信中写道："你行走在你童年的脸上，童年时期，黎明是微笑，夜晚是沉睡。"

　　阿斯兰拉比回信说："我行走在我那张被沿路砾石毁容的脸上。上千年来，印在我们脸上的伤痕累累的土地一直在隐隐作痛。"

　　地平线从来都是一张脸的虚空。

一

　　一大群人，他们不清楚自己的状况和从事的苦工，不清楚自己的脚步和城里的石板路，他们依旧被束缚在那雾锁烟笼的土地上：除了给他们一个总的名字，就像用一副枷锁将他们固定在丧痛的熊熊烈焰中，又能怎样为他们命名呢？

　　我从高悬于世界之上的高山中撷取并带走的这少量骨殖——从哪儿？为什么？——是友朋之躯还是仇敌之躯？或者——谁知道呢——是我之躯，是其他人中的我自己。是每一具烧焦的尸体中的部分之我。但尸体那么多，我的那一部分如今也很难保留于我身。

　　人群被大火吞噬、烧光。灰飞烟灭。此后，书写对我而言，是否意味着让我灰烬中的名字与他们的名字分离？

在某些僻静之所，依旧有余火觊觎着最纤弱的麦秆，那火苗醉心于火焰，执意拒绝熄灭。

明天还会有很多人死去。有书为证，终有一死的生命都会有序接踵而来，周而复始。而未来则永远是焦灼苦盼的词语。

为了那第一个男人，天下雨了。大地可以期盼绽放。大洋心花怒放。海浪涌进新近加冕的海滩。

引发关注的脚印是未来的踪迹。造物的智慧和决心能丈量未来。人类的作品早已无处不在。造物主日复一日黯然失色，最终形容冷漠。

是时，我受到无数面孔的包围，有些是熟稔的脸，有些连半熟脸都说不上。这是一些幸运或不幸、不期而至或久久寻觅的同道。

有位哲人说："脸不会死。虽不在场却依旧是脸，它由缺席浇铸而成，如同我们在虚空中浇铸词语。"

我太胆怯了，不敢给任何一张脸命名，既不敢给我自己的脸命名，也不敢给邻人的脸命名。

不朽消除疑虑。时间令人恐惧。

在一段时间内，该冒险的都会争先恐后。但有时，冒险是为了交换时间。

书的时间就是名字冒险的时间。

萨拉与萨拉相似，而于凯尔与于凯尔相似。

我如果继续写下去，会不会让他们在穿越自身显而易见的相似中重蹈覆辙，就像我忍受不了他们在书的内核里最终相安无事？或者正相反，既然在书中或对书而言都无和平可言，我们就必须在书的话语和血肉中不断向书发起挑战？

于凯尔曾经写道："在纳粹集中营里，我们就是一些连书名都无法辨认的饥肠辘辘之书。这些苟活的造物的相似性抵达了——呵，那罪恶的正午——顶点。"

        萨拉与萨拉相似么？于凯尔与于凯尔相似么？
        还有雅埃尔、埃里亚和亚埃里呢？
        呵，死亡，未镀银的镜子！

        塔蒙拉比说过："不可替代的——无法取代的——并非理性，而是相似的非理性，因为只有在互换中它才活力四射。"

——我不知道这本书。你的书只是众多书中的一本。我不可能知道每一本书。我怎么可能知道？这个雅埃尔是谁？还有埃里亚和亚埃里，他们又是谁？

你讲的是什么故事？什么梦？什么伤口？我有我自己的梦，自己的故事，自己的伤口。

——我们的日与夜是语言的日与夜，在那儿，书互致问候，短暂接触，又一同消失。

（造物主对自己的记忆感到陌生。

造物主在遗忘中言说。他的话语意味着遗忘。那是遗忘的话语和所有话语的遗忘。

相似是认识的保证。

团结靠相似才能发挥作用么？果真如此，我们只能与相似于我们的人团结在一起。

玛塔隆拉比写道："造物主相似于我们，这点让我们心安。在他身上认识自己，会让我们团结一心。"）

二

造物主一词没有终结。

任何终结都会损害问题。

有关无限的问题是一个封闭的世界向自诩开放

的世界提出的令人躁动不安的问题。

奇迹存于问题的彼岸。

他说："造物主一词让我倍感兴趣，因为这是一个挑战理解力的词语，作为词语，它难以领会又缺失含义，它超越含义又泯灭含义；无论过去或将来，它始终是一个词语前或词语后的词语，是一个没有词语的词语，没有过去，没有将来；所以它又是一个无用的词语，使用这个词语只会令心灵无所适从。

"向造物主提问，意味着向虚空提问。所以那又是纯粹漫无目的的提问。是向问题的提问。

"我们怎样才能理解造物主？造物主不会被封闭起来。造物主的封闭物依然是造物主：非封闭或后封闭。

"我们必须质疑那些难以领悟、难以置信的问题，那些问题只能在其恣肆的缺席中，在其精心守护的未知中，在失败、苦难和鲜血中获得理解和思考。

"质问造物主，意味着将他抛向其死亡，意味着将该死亡之场域变成提出有关造物主之焦虑的问题时所有未决之场域的中心。"

他接着说道："我在一个词语脚下书写，却居然无法向与我一起生活的其他词语解释这个词语。它颇具挑衅性，爱制造事端，它挑战人类的秩序，而其他词语对人类的秩序却毕恭毕敬。"

此外他还说过："造物主那个不可妄呼之名不也是被抹掉的不能思考的名字么？所有思想都曾与之冲突，却身败名裂。"

> （加布利拉比曾经写道："造物主一词的分量太
> 重，这让我们难以安生，就像欲望层层叠压——一
> 个不希望出现却又难以摆脱的欲望。"）

最初和最后之书共同拥有无尽的沉默。

任何书写的纸页都是一个被解开的沉默之结。

安静的深渊。

三

萨拉，你怎能忘记在街头被捕时那蛮横冒犯你的男人的狞笑？你又怎能忘记那些顽皮学童肆意指搠你时那嘈杂的哄笑？

在你不远处，于凯尔像你一样也在搜捕中被抓，你们交换了一下无奈的眼神，而突然间，那带着触须的笑——那笑声仿佛不经意间涌入你们湿润的眼眶，浸入你们强忍的泪水中——蓦地闪闪发光，像偶尔会遇到的渔夫们手里舞弄着刚刚出水的受了伤的章鱼。

不过，街对面人行道上还站着一个年轻人，年纪与你们相仿——也

许稍小一些——他凝视着你们，面露痛苦和愠怒。

那天，阳光明媚。

这年轻人后来怎么样了？我跟着他，前后脚走进了一家酒吧。我见他靠着吧台，一言不发，一杯又一杯吞下数杯烈酒，然后走向洗手间，接下来我听到他不停地呕吐、呕吐、呕吐。

若干年后，有人动身去另一个大陆前曾数次寻我无果，难道就是他么？他给我留下了寥寥数语："那狂笑声就在书里。那张书页从头到尾，由无数张看不见的嘴组成，每行字母就像两排尖牙利齿。词语再也没有任何意义。只有被字母圈出的空白，而字母属于或曾经属于那些不可分割、既无年龄也无未来、只被那狂笑淹没的脸。"

我们书写，如同用象牙炭作画，众所周知，这种炭是一种上好的黑色粉末，用烧焦的象牙和骨灰混合制成。

（赫姆西拉比说过："把笑留在笑声里吧。它完全可以成为智慧。"

特鲁尔拉比回答说："我们根本不喜欢这种智慧。我们不会将一把短剑放在另一把短剑之上。"

谢尔基拉比说过："嘴永远只能是脸的伤口和脸不在场的伤口。"

那濒死者笑得如此响亮，该用泥土糊住他的嘴。

大地笑得太过响亮，该用数百万个死者让它窒息。

他说过："黄昏，宇宙由富锰棕土写就。"）

前书的倒数第二个时刻之前

（树绿了。

花和果挂满枝头。

张开的手臂

和这跌落的躯体

如笑声中的一声笑

终于枯竭。

我们总是在死亡的嘲笑中自我毁灭。

自杀者的笑声令空无开心。

大地忍不住大笑，笑声将大地炸裂。

他说过："你们可以嘲笑我。死亡将报复我。

在我骨殖的牢狱中，我将成为笑的永恒形象。"

他又说道："当我的头变作骷髅，你听不到我的言说，却看得到我的笑颜。

"与沉默签订一致同意的契约，这是死者的特权。"

在死亡中，我们大笑，仿佛肩扛长矛整齐行进，像被制造出的一枚枚别针或硬币。

不曾有为笑而赴死者。

死亡之笑回应着生命之笑；一如火山口喷发出的火山砾和火山弹①回应着夕阳西下的深渊。

唯有耳朵能辨别出呜咽与笑声的异同。而眼睛记录的则是同一副怪相。

从生命向死亡的轮回，是从形象向形象反面的轮回，从欲望和应许的嘈杂世界向星系空间之沉默世界的轮回，从肉身之尊向灵魂遗弃的骸骨之贫瘠

---

① 火山砾和火山弹（blocs et bombes volcaniques），均为火山作用的固体喷发物：火山砾指直径 2—64 毫米、形状不规则或近于圆形的火山喷发碎屑；火山弹指火山喷出的岩浆在空中冷凝后而形成的形状多种多样的凝结物。

王国的轮回。

光即魂灵。但死者并无半点黑暗，只有些微灰烬撒落于永恒的白昼之上。

塑造了人的那只手因塑造了无限而不朽。

或许，是灵魂使我们的无限之限增色。

生者与死者面对的是同一片天际。

书是一只手的作品。）

埃尔之书

重复是相似的力量。

玛兹里亚拉比写道："告诉自己：你所在之处，我曾在。你沉思之处，我曾思索。你行走之处，我曾行走。你倒下之处，我曾偃卧于那片土地。"

卡布里拉比说过："那个神圣的名字——埃尔——是词根么？此即奥秘。"

阿尔毕卜拉比则说："既然语言中的所有词语都是造物主的名字，那么，在我们命名时，在我们言说中，我们与他的相似不就是我们的名字与他的圣名的相似么？"

埃拉达德拉比回答说："你言说。你书写。你竖起坚不可摧的障碍。

"在此情形下，言说与书写并不意味着清除障碍，而是要超越障碍，超越一切障碍。"

贝里德拉比早就这样写道："凡无书写之地，连话语亦不存在之地，便只有虚位以待障碍。"

他接着说道："我们总是死在话语的围墙里，可我们连那墙有多高多厚都说不清。"

虚空是字词的期待。

虚空一词无论使用与否，均属空空如也。

在词语的沉默中

欧瓦迪亚拉比曾经写道:"和我在一起,你将破译看不见的字符,那些字符从来就不是人设计的,人根本无从设计它们。那些字符是神圣之肺用呼吸镌刻在我们呼吸中的,长久以来,我们始终以为那是最厚的彤云层,是它用闪电照亮了天空。不过,请采纳我的建议吧。展开阅读时还是小心谨慎为妙,因为被火焰吞没的危险无时不在。"

阿尔谢拉比说道:"我没有选择看见。我看到了。

"我没有选择听见。我听到了。

"我没有选择感觉。我感觉到了。

"可谁在对我的嘴,

"对我的手,

"对我的腿,

"发出指令?

"由此,我同时成为我躯体的主与仆。"

"也是你灵魂的主与仆么?"一个子弟问他。

他答道："我既是我清醒的灵魂中沉睡的灵魂，又是我沉睡的灵魂中清醒的灵魂：不朽的昼与夜。"

阿米埃尔拉比写道："或许，漂泊是首个问题，因为漂泊是首个话语——先于漂泊意味着先于话语。那是终究寂灭的造物向沉沦的不朽造物提出的问题。"

"宇宙借自身之名重复着那个执拗无果的诘问。"

纳塔夫拉比说："漂泊和死亡受制于共同的条件。因为死亡是漂泊的黑夜，而漂泊则是死亡的白昼。"

萨夫拉拉比写道："我们将在漂泊中凯旋。亦如造物主旧时之所为。"萨夫拉拉比死后，他的躯体不知所终。大家说，他的灵魂太透明了，以至于当他的灵魂和他姐妹的灵魂一同出现时，他的姐妹们没有一个人认出他来。

阿卜纳拉比在其他地方说过："漂泊使我面目全非，我社区里没有哪家人愿意开门接纳我。对他们来说，我早就死了。"

达巴赫拉比曾经写道："我隐匿得如此之深，我斩断了一切思绪、一切欲望和一切情感，可我的心依旧如邂逅良辰美景般跳动。"

埃兹拉拉比说过："在相似的王国中无从休憩。

"对每个问题来说，在任何中肯的系统阐释里，相似都是一个朝三暮四、难以让人满意的问题。

"它随时保持头脑警醒。它每次狡猾进犯的那个令人晕眩的间隙中，我们考问着考问我们的头脑。"

塔翁拉比说："若不为迎合词语的爱与恨，我不会为自己写这么多。造物主不就是为他的名字才坐拥全部字词的么？照此说来，我的写作表达的就是造物主的爱与恨。为自我书写，或许就意味着你得与那个圣名作对，而且用的正是那个圣名。"

（他说："词典中的首个词语是一个名字，这个名字涵盖了所有的名字，而所有名字又都融入了那唯一的名字，即寄身于其他同样可笑的词语中的那个词语：造物主。

"君主和奴隶用同样的字词表达自我，难道这不奇怪么？

"通过这些字词，君主变身为奴隶，奴隶则变身为君主。而双方对此皆无从察觉。

"语言面前，语言规则面前，我们可以理解的用法面前，所有的人，人人平等。

"君主若以为自己说话必有君主的气派着实可笑，而奴隶若以为只要对君主所言鹦鹉学舌就俨然君主则着实可怜。

"建构了社会等级的人类本应对语言抱有警惕，

因为语言将他缩小为孤立的词语，而且语言也同死亡一样向所有人做出了承诺，虽然未必同穴，但至少拥有同等的空无。"）

奈希姆拉比写道："学会热爱黑夜，意味着以爱的话语影响未来。瞬间之后便是黑暗的时刻。条条大路通黑夜，那是抛弃了所有相似以及墨迹之全部勇气的场域。"

呵，我们稍纵即逝之黑夜的黑夜，我们波纹涟漪之大海的大海，那永恒的经典之书在你们无尽的黑暗中写就，而我们那些不宜远航的书紧随其后。

*

——《问题之书》中虚构的拉比们，那些似是而非的纸页的诠释者和注解者，真的是你们么，真的是你们在按响我的门铃么？你们多已更名，但声音依旧如故。

——我们的声音要与讲述时的情境相符。

——你们全来了么？

——这次没来那么多。许多智者都在自己的话语中凋谢了。如今，只有影子与他们十分相似，那是他们的旅程和我们的哀伤的无形踪迹。

——我曾长时间在他们影子的荒漠中生活。

——我们是沙中之沙，是话语中之话语，被浓重的夜空挤压，一如我们那些神圣的书中的那些神圣的字词被装订的封皮挤压。

造物主在弃置于书架上的书中死去，又与打开的书一同复活。

沙子盘旋起来，因而使自己得以呼吸。

荒漠中，风即生命。

梅苏拉姆拉比说："亵渎那本书，盗掘富豪墓，或许均属同一种应受谴责的行为。我的书是穷人之书。我的墓敞向蓝天。"

阿辛拉比则说："我的字词死无葬身之地。它们是你们眼中的草原，是高翔的秃鹫，直至最终成为你们喙下的草原。"他接着说道："请为我们当中那些从未在那本书中存在过的人哭泣吧。"

梅苏拉姆拉比回应道："哪片土地属于你，让你可以将它化作你的书？

"造物主唯以自己的圣名作为坟墓。"

那同样是一本将书合上的书。

　　　　（扎卡伊拉比曾在笔记中写道："如果说白昼不
　　　是隔开黑夜与被封闭的黑夜的那片灿烂地带，那白
　　　昼又是什么？在被封闭的黑夜中，我们努力睁大
　　　双眼。"）

*

书是我们的律法。有其书必有其律法么？如此，一部律法便可制约所有相似。我们不得以我们的相似来弄虚作假。我们在其领域内演进。

对《问题之书》而言，只有另一部《问题之书》才可径自宣称与之相似。对《问题之书》中的人物而言，只有那些能被认出的人物才可宣称与之相似。

既然我只能写出同一部书，它们能否借此种相似而重生呢？

——那是从头到尾都完全相同的一部书么？

*

今年七月阴雨霏霏，但也有几个阳光灿烂的日子。

萨拉重拾信心。她很快就会见到于凯尔。我相信雅埃尔是真诚的。星期一，我们将一同出发去奥斯戈尔①。

脚步又把我带到了奥德翁剧院②那个十字路口，我是否曾在此遇到过于凯尔的幽灵？他曾以老朋友的口吻对我说话。我不想费力地去打探他的生活，我也说不出为何他的生命中也有一小部分我的生命。

---

① 奥斯戈尔（Hossegor），法国阿基坦大区朗德省的一座小城，有欧洲最美的海湾，是著名的冲浪胜地。

② 奥德翁剧院（Théâtre de l'Odéon），巴黎的著名剧院之一，建于 1779—1782 年，新古典主义风格，位于巴黎第六区，毗邻卢森堡公园，博马舍的著名喜剧《费加罗的婚礼》即在此首演。1990 年更名为欧洲剧院。

那个十字路口早已今非昔比。但也并非完全不同。

一天，萨拉曾在给于凯尔的信中写道："我们生活在时间边缘，或不如说，生活在我们被动的时间当中，那些被发掘出的形象让它变成了当下的时间，一种从凝固的过去时间、妥协的未来时间中攫取的当下。"

那个药店还在。但毗邻的几家店铺早已面目全非。孔德路一号那家文具店如今变成了拥有两个放映厅的电影院——于凯尔住的是五号。对门的那个煤老板 1960 年死于癌症，去年他的独生子也同病而亡。而煤老板的遗孀依旧在自家隔壁开着那家啤酒馆来排遣孤独和消沉，因为那栋房子也是他家的产业。

这个街区同法国所有的街区一样，都曾住过德国占领者的敌友：即亲纳粹者和反纳粹者。如今他们当中，有人追悔莫及，有人却态度依旧，也有新搬来的，他们的观点不为人知。

呵！我依然能久久记得这个离第六区最近的街区里的道路、房子、路灯和气味；记得我在这个街区所有居民身上发现的东西。不过，在这些回忆聚拢的同时，街区本身却变得模糊不清，那些声音和声响一度曾如此熟稔，如今已作烟云散。这是因为我的出生地离这里很远，太远，所以我什么都不知道。这个街区既非我的童年之所，也非我的生活之所；它只是我的死亡之所。是某个我与之相似的人的家，而别人总把我认作他，尽管他们知道此人临终之际我就在旁边，况且他已经长眠地下多年。

当我们最终永离这个世界的时候，依然会有些话语比我们活得长久，依然会有些行为让我们得以延续。依然会有些陈年掌故、每日用语、古老字词——我们也许说过，或者不曾来得及说——以黑色碎片般的夜的字符重新浮现于空间这本大书中，以俟将来有人承诺阅读它们。

每位读者都是一本书的选民。

*

（我是否依旧难忘《问题之书》，所以禁不住借相似来重温旧情？

以此看来，浪迹天涯的人并未离开他被驱逐的那片故土，而那片土地却因在漂泊中被重新改造而面目全非。）

雅埃尔曾经气冲冲地说过："没时间了。别再这样无端糟蹋时间了。"

她比任何人都清楚我们其实并不担心死亡，而是担心会有什么和我们同死，除非在死亡瞬间有幸与造物主、宇宙和我们自己同在，否则我们又会是谁呢？

她又接着说道："我会像女王而非奴隶那样死去。"

若缺失形象的鼎力相助，我们永远也无法回溯时间。

饿甚而摘果。当心果子从树上掉下来。

造物对知识的渴求面前，智慧之果又夹带了自身难耐的饥渴。

果实以果实充饥。

他说过："果树不结果，如同女人不生育。二者同属其自身饥渴之饥渴。"

他还说过："吃也意味着被吃。死亡有和我们同样的嘴巴、同样的味觉、同样的牙齿、同样的肚子和同样的胃口。

"时而是生命时而又是死亡在打探我们的形象：这个形象可以是一具酒足饭饱的皮囊，也可以是一具被无声碾碎的躯壳。"

玛兹鲁姆拉比写道："要以养你之物去赡养死亡。富有，你就提供佳肴美酒；贫穷，你就给些面饼渣。"

巴斯利拉比则说："主呵，大地之上，我的食物就是那本书。我的死亡以您的字词为食。所以，我的生死阅读的都是同一种饥渴。"

萨松拉比写道："造物主无非是对造物主的锥心渴求。"

（萨尔达拉比写道："形象拥有难以界定的过去和未来。它让我们在其过去和未来中进行同步思考。因此它是思想的形象，我们从不知道它是否会把我们扔进我们过去的黑夜，抑或把我们投入未来的时间。

"造物主在泯灭形象的同时，将我们置于既无过去又无未来的境地并由其摆布。"

他继续写道:"形象从来就是被思想蒙上面纱或揭去面纱的某个形象的形象。因此,唯有保持思维敏锐,才会拥有过去和未来。"

要么充当陷阱,要么掉入违心的陷阱。思考每次都面临同样的圈套。

他说过:"当心被你自己歌声的回声诱惑。最后一个音符落下时,虚空就会吞掉你。我们无非是自己的祭品。"

他又说道:"太阳的形象——呵,幻日——只对短暂的时间而言才是太阳。"

法尔希拉比写道:"非思想的伪装,在于其伴披思想的外衣混淆视听,蛊惑思想以为这是第二波思想,而究其实不过是双重的死亡。所以,非思想只是思想的一个障眼的倒影,它自我迷恋,瞬间即可能回归空无。思想倒在非思想脚下,有如天边的飞鸟凄厉坠地。"

对此,阿基曼拉比回应道:"思想死于思想,因为非思想的天空也是思想的天空。")

永恒的约版 [1]

（我们可以说出一个词语。我们只能阅读一个字词。那么，那个字词等于书写出的那个词语么？

我们也可以写下 sous le vocable de...，那意思是说"在某主保圣人的庇佑之下"；就本书而言，那主保圣人是虚构的。[2]

字词献身于它所祈求庇佑的书，词语献身于它所表达的世界——但这个世界难道不在书中吗？字词本身可以提供这样一个精确的含义：词语系由字

---

[1]　约版（les Tables），即摩西十诫，是上帝雅赫维借由以色列先知摩西向以色列民族颁布的律法中首要的十条规定，是犹太人有关生活和信仰的准则，也是最初的法律条文。据《旧约·出埃及记》，上帝在西奈山上单独召见摩西，颁布了十诫和律法，并将十诫亲自用手指写在约版上。摩西下山后看到以色列人离弃上帝，竟然在崇拜一只金牛犊，愤而将约版摔碎。后来上帝再一次颁布十诫，被刻于约版并放进约柜，存放在敬拜上帝的会幕的至圣所中。所罗门王在耶路撒冷圣殿建成以后，将约版置于圣殿的内殿。后来约版失传，可能是在公元前5世纪巴比伦国王尼布甲尼撒二世焚毁第一圣殿时被毁。

[2]　法语中，"vocable"一词有两义，一是"字词"，二是"以某圣人为主保的教堂"。

词在业经构成的书中构成。换言之，词语受句子的启发而意识到自己隶属于书，随着融入书中的愿望逐渐强化，词语变身为字词；就像蚕为了成为上界的一员而破茧化蝶，直冲蓝天。

嘴巴对字词一无所知。

他说过："我们必须迎向词语，观其行，听其言。

"词语抨击那些它害怕的词语，而那些词语却在它身上打盹。词语为它的伤口辩护，它或者隐藏起伤口，或者以伤口炫耀。词语以其憧憬的沉默之名言说。

"必须向沉默——并代表沉默——作答，就像希伯来民族向约版——并代表约版——作答一样。"）

一

你说："第二块约版与第一块绝不可能毫厘不差！因为它出自那块破碎的约版。二者之间横亘着伤口淌血的深渊。

"第一块约版出自神的深渊。第二块则出自人的赤红色深渊。我们明明知道所有相似都已标识出我们希冀消泯的差异，难道还敢腆颜声称这两块约版是相似的么？

"造物主迫于子民的要求而不得不重复自己，也就是说，造物主不得不让自己的话语顺从他创造的最聋之造物的恣意想象。

"从此，一切都将在这个重复发号施令的哄杂空间里上演。

"于是乎，因为要面对死亡，律法被创立于与人相适应的相似性之上，并从此成了永恒的重复。

"而书则创立于与隐藏的那本书相似的希望之上。"

他说："重复被相似所标识。它更相似于那些我们的构想使之不能成功相似的东西：某种严格的聚焦。

"重复与自我重复是一种与生命相关的行为。它意味着抛弃一个假定的相似而去趋奉一个更明显的、以相似作为示范性目标的相似。但表面上看来，并非每件事情都在独立发生。时间和距离经常使之延误。未来也因此而成为相似的抵押物。

"昨天相似于昨天，如同脚步相似于已迈出的脚步。"

你说："源头便是一切。我们无所创造。我们重复着每一件事，却又什么都没有重复。何等奇迹呵：重复——它是一切的系统求助——便是向源头的热切回归。"

他说："我们始终没有能力辨别新老语言之间的差异。

"重复成为我们的颠覆之路；因为它被一种毁灭与被毁灭的天生本能交替驱使，在那儿，一切早已安排停当，再无转圜的余地。"

你说："重复可以是一场新的演出，一场新的公开展示，它紧随于某些公开展示——例如某些已先验地被判定为正当批评的公开展示——之后，在前者自以为可以停一停的时候又重新将问题提出。它重启问题，不去看问题的结论，它所依靠的是已被其多个方位和目标所关注的相似性的活力。

"重复是持续变化的机会，是通过有灵感的交换手段带来的变化。"

他说："我们永远不可能有两次相同的经历，其他人也不可能。"

经过一夜的辩论，阿维格多尔拉比对玛尔卡拉比说："我的字词不可能为你所用。在我的书中，唯有我与它们同在。

"若我的房子和你的房子一模一样，难道我的房子就是你的么？

"另外，如果说我的字词属于大家，那么我自己作品的著作权何在？我还能签名其上而不羞赧么？"

玛尔卡拉比回答说："在你的文字里，你和我一样都召集了一些词语，这些词语在意思、声音和字母数量上都和那种语言的词语一致。你以为你和这些词语生活在一起，其实你充其量不过是它们倒影中的一位不速之客罢了。

"每页纸都是纸面的镜子。你俯视时，其实是在观照自己。水固然可以映出我们的影像，但古往今来，什么影像能留住一条河呢？"

*

每部书都是变化中的造物主之书的苍白投影。

从待写作的书开始，地平线是第一条线。

曼苏尔拉比说过："待模仿的书始终是待书写的书，这难道不奇怪吗？

"书之圣书有可能来自潜在之书么？

"那么，完成的第一本书就可能包括在最后一本书中。造物主便是装满未来之书空间里的那本书。他是个无限的建设者。

"在时间尽头，他的书和我们的书将会是同一本已完成的书。"

他接着说道："那将是要求我们删去内容最多的作品。"

随后他又说道："一切直面着将把它吞没的虚无。

"呵，最后之书可能只是一本书的踪迹，循着这个踪迹，或许造物主想让他自己现身。

"那个点也是同样的情形。

"那时，我们所有的知识都将趋向一个战胜了死亡的点。可是，作为知识之知识的造物主不同样也是死亡之死亡，不也是白色深渊中的那个空白之点、透明之点么？"

有时，相似之间的差异微乎其微。

譬如说白与白之间的那种相似，同等之白与完美之白之间的那种相似。

譬如说缺席之书与我们全然缺席之书之间的那种相似。

二

萨曼拉比对约菲拉比说："你在自我重复。你总是老调重弹。你老了。"

约菲拉比回答说："我确实总是说着同样的话。可此瞬间是彼瞬间么？

"那是另一个瞬间，它从我身上脱胎而来，每一次都在言说我曩昔之所言——这是我借表达真我的那极少一部分词语而永存的方式。"

造物主的游戏

（巴尔达拉比问："造物主许诺于人的心灵场域果真是许诺给漂泊问题的么？那么，这个问题的场域是书的场域么？"

卡列夫拉比回答说："这个场域就是我的头，而这个头就像我的种族，是一片没有国土的土地。"

他说："在任何场域里，造物主都是我灵魂的场域。"

失去了土地以后，他们觉得自己对自己都是异乡人。他们的担忧与那个令人焦虑的问题相互撞击，谁都想知道今后哪种话语可以取代他们的话语。

——任何话语都是某个场域的话语。非场域难道也是话语的场域么？

——话语的缺席绝非缺席的话语。造物主作为至高无上的声音，难道不是虚空的既定沉默中一个满满的话语么？

——唯有易错的话语才能被听闻。

人说："你，你的名字就是我们消失的所有名字。从今往后，哪个名字会成为你的名字？"

造物主说："就是我消失的那个如雷贯耳的名字。"）

在宇宙失去名字之地，
造物主被命名，
人在那儿失去了造物主，
而造物主失去了人。

他说："在缺席的另一侧山坡上，在白昼腼腆的回归中，仍有可能存在着那个与圣名默契的名字，也可能有与那本书一脉相承的书存在。"

哈高恒拉比曾经问过阿布拉瓦奈尔拉比："沉默之于你和噪音之于聋子，二者差异何在？"

"那是晨昏之间的差异，是存乎于潜行之沉默与固结之沉默间的根本差异。"

萨菲尔拉比在其他场合也说过："噪音是沉默突如其来的发难，我无从感知，就像一粒自由的沙有时也会给荒漠带来难以置信的麻烦一样。"随后他又补充道："我言说之处，造物主的沉默崩裂了，坍塌了。"

每种声音都是一种未知声音的放大。

毕哈拉比曾经写道："死亡从未被死亡完全征服。造物主倚仗其与自己的非相似，为最大胆的思辨提供了一片沃土，用以思考他与一切之间的相似以及在一切的中心他与空无之间的相似。"

任何字母都是最后一个字母在其可感知的再造中悲惨的迷失。

拉卡赫拉比曾经写道：
对就书之场域而考问造物主的人，造物主如是回答：

你将穿越书，如同山泉沿河流淌。
从此，在我言说过的地方，将有两岸相对而出。

我的话语两岸将长满参天大树，而我的话语中，所有的沙将弃我的荒漠而去。

对就书之联系而考问造物主的人，造物主如是回答：

凡我的缺席之话语压倒性传播之地，你的字词将挫败宇宙的黑暗力量，犹如我借平衡宇宙的毁灭性力量而控制造物一样。

对就书中安息而考问造物主的人，造物主如是回答：

愿你的声音达至一切话语的尽头，攀缘而上，直至我的沉默。对声音而言，我也为它创造了第七日。

（似乎每件事都已就位，可蓦然间，一切都分崩离析。

呵，要花费多长时间，直到哪块淹埋的界碑，我们才能在自己的废墟上开始建设呢？

是在我们计数过的那些废墟的废墟上么？

某人或他人的一句话或某个无心之举，都足以让我们无法认知自己。）

我以为我认出了雅埃尔，但那却并不完全是她，不过……

我以为我认出了萨拉，认出了于凯尔，甚至以为借他们虚构的故事认出了埃里亚和亚埃里——那是他们名字的四个字母中死去之字母的故事。

如果不是他们，那他们是谁？

如果我翻阅的不是他们的书，那又是什么书？

相似是无限的短暂契合。

（相似的时间里，你和相似于你的人相似。

　形象无永恒。

造物主的永恒是形象的缺席。）

他说过："两面镜子之间的空间，或许就是死亡和书反射的虚空。"

他说过："两个字词之间反射的空间，或许就是死亡和书的虚空。"

他说过："透明之水是珍贵的露珠。

"我们将承担起我们焦渴中的白色。"

虽说书打开又合上这桩事发生在巴黎，虽说我们在此交换的话语已被铭刻下来，

但巴黎这座城市并不了解我们。

萨拉，哪部集体呼号的书有朝一日会成为你的书，而你早已不在？

雅埃尔，哪部话语解放的书有朝一日会成为你的书，而你早已不在？

于凯尔，哪部反抗和忧伤的书有朝一日会成为你的书，而你早已不在？

相似之书尚未写就。

（阿里亚斯拉比说过："一统即亡。我书写，为的是让词语维持分离的状态，所以它们可以不受书和造物主的影响而生存——造物主是字词上的字词，书上的书。

"可读性是人类的发明，并为人类服务。

"造物主是不可辨读的一统。"

他也说过："我们是造物主之中的分离，是行之有效的整体阅读之阅读。

"说到底，书写是否就像我们为头发分缝一样，仅仅出于我们梳理词语的禀赋？

"呵，且放任词语投身于其激情游戏中吧；它们只有在其伤痕累累的空间才会对我们言说。

"阅读即是辨读伤痕。"

本海姆拉比对此做出了回应，其言辞不乏幽默："我们有时就是以最谦卑的发明来阐释造物主的奥秘的。发明梳子即是其中一例。

"从某种角度讲，学会书写不就是学会使用梳子么？"）

在相似的书中，我书写相似的词语。

> （他说："世界的变形这种久经考验的行为规
> 则，也同样反映瞬间的情绪。"）

时间绝无连续。

> （造物主不可量化。
> 宇宙的所有参照俱依不可量化而存。）

书——如同系于一发？——依旧系于一个点。

——你想让那个点失去光泽。
——那个点是我诱惑的对象。
——于是你便拒绝诱惑。
——在克制的尽头，我迎头遇上了那个点。
——你忘记那个点了么？
——那个点是遗忘之星。书的黑夜便是一颗孤独之星的夜。

阿苏德拉比说过："你是否注意到那个点就是书的太阳？其他标点符号都只是它的影子，就像字词与书都只是它所拥抱的宇宙一样。"

丰饶的遗忘。

遗忘中，我们抱团取暖，在那儿，书听从于一本它不复记忆的书。

*

巴黎圣母院前，一个瞎子向参观教堂的游人兜售明信片：彩色的巴黎风光。

我相信每个流亡者都是这个小贩的兄弟。

无从再见之处，便不再是我们的场域。流亡者是没有家国的瞎子。

杜绝与外界往来，躲进自己的灵魂深处，他的肤色便如其边界。阳光下，他的皮肤呈古铜色，进入冬季，又一任朔风吹袭。

他循着两条平行的路行走：记忆之路和脚下之路。脚步有时会背叛他，但记忆对他始终忠心耿耿。

这瞎子会去哪儿呢？——从他的蜗居到这个著名的广场，再从广场折返他寒碜的蜗居，每天三次走着同样的路线——可我们能断定已对他的路线了如指掌了么？

他摒弃了例行路线那种束缚人的常规——仿佛他的灵魂已迁徙到另一具皮囊中——这样，当轮到放逐他的大地与其自身血淋淋的突变大打出手、兵戎相见时，他才能在那个精确的命定时刻迅速穿越四季和每片大陆。

（生命同源。书同源。死亡了无羁绊。

记忆的痕迹扰动死亡，只有大脑才能抵御空无，抵御痕迹的缺失——那是由个人感知的某个引人注目之事件的难以毁灭的印记。

死亡逼迫遗忘。遗忘是死亡的要害。
遗忘同样是死亡的思想，在那儿，既没有可以被思考的事物，又没有可以思考的人。
……某种无思想的思想，如路边患黑穗病的小麦。

他说："遗忘是死亡之路，而非路之死亡。在没有什么可以延续之地，遗忘即是延续。"

一部有韧性的作品，要检测其韧度，只能像金属加工一样，从工件自身、从工件各组成部分的抗冲击参数中测得。
借助于必要的动能去触发断裂，并控制这种断裂。要具备这种能量。

他说："书的每一页都不过是重复的碎片。
"字词就嵌在碎片当中。"

埃兹里拉比写道："破碎的约版从来都是书无可争议的范本，因为书写出的每一行都是允诺给可读性的碎片。"

一本书总是在使可模仿和不可模仿的书破碎。

舍穆尔拉比写道："你不应因暴怒而使书断裂，要使书断裂也应基于爱——因为书正是在其断裂中才向神圣的话语敞开。"

哈尕依拉比回答他说："没必要使书断裂。它本身已经断裂了。书写只是确认其断裂程度，只是为了向你们解释断裂的成因。"

库菲拉比写道："犹太人之间，团结的基础是尊重孤独。

"我们是众多孤独个体汇聚而成的巨大孤独。"

拉雅尼拉比说："我们书中的每个句子都是一条无穷孤独之线。我们在这一条条线之间或生或死。"

他接着说道："我们为天空准备了一句话，为大地准备了一句话。可我们既不在大地上又不在天空中。"

玛拉赫拉比对此回应道："我们的孤独是一条次梁，它对自己的强度颇为自豪。它上面钉着天花板板材，下面钉着天花板板条。可谁给我们提供主梁呢？

"我们的天空在下面。"）

他说过："切记，你是在光滑的蛇蜕上书写。"

一个一个生命地书写。

一个一个死亡地书写。

一个一个词语地书写。

*

（他说："黑夜是黑暗刺穿的点。白昼是光明刺穿的点。遗忘在流血。"

他又说道："书没有未来，除非将书遗忘。

"故而我们被驱使着不断书写，因为我们的脉搏与字词的脉搏一齐跳动，而字词正在其记忆的洞穴中挣扎。"

他在笔记的页眉上写道："书写，始于遗忘，止于遗忘。

　　"书是遗忘之旅。"他又在页脚边写道，"造物主在其孕育之地遗忘造物主。"）

忘掉左页相似于忘掉右页。

由此，书在远古的相似中展开。

人的游戏

　　——这肯定是你的鸭蛋脸，雅埃尔。这肯定是你的眼睛，它们因黑之柔、蓝之冷而独秀——想温柔时冷酷，想冷酷时温柔。这肯定是你的鼻子、你的嘴。这肯定是你柔顺丝滑、仿佛随沉默谐振的秀发。这肯定是你匀称的肢体。

　　——是我，是的，可那是我么？是我，是的，可我存在过么？如何才能相似于一个并不存在的女人并名正言顺地成为她呢？只有当我是其缺席的玩偶时，只有当我是一个想象之造物的替身——那个在走不出的缺席之迷宫里根据我的五官重新想象的、复活的、憔悴的替身——时，我才是雅埃尔。

　　——这肯定是你低沉的声音和你布满皱纹的额头，于凯尔。这肯定是你枯干的双手和修长的手指，是你迷茫忧郁却又充满生命与爱欲的目光，有时就像燃烧后的余烬。你特有的目光中饱含着种种克制，饱含着你读过的种种书。这肯定是你疲惫的笑和你缓慢的步履。这肯定是你，我作品中的说书人，那个故事的牺牲品，一道为空无撕裂开的伤口——我们的伤口——就像一个临盆的女人敞开的产缝，像一位母亲敞开的深色的产缝，仿佛她两腿间仍在流淌的鲜血其实是在推着你滑出一个已播种过的子宫，从一个完美的世界里滑出，前往另一个命定的世界，前往那个因你的降生才能降生的字词的世界。

于凯尔，那真的是你么？——那么，这也就会是我，而且一切都会重新开始，重活一遍。但要在哪儿，在哪条地平线之下，在哪片慷慨的大地一隅，在哪张将要撰写的神佑和自愿的纸页上？

这肯定是你，萨拉，只有死亡的窒息才会让你疯狂呼号。今天，你的沉默代表了我们暂停的所有呼号之沉默。肯定是你，我认出了你，我不仅认出了你那被地狱蹂躏的青春的脸，也认出了你那坦然的微笑和被泪水浸红的双眼。尤其认出了你唇上那尚未停止的喃喃低语，仿佛你的唇仍在不断重复着于凯尔的名字，重复着他没有面孔甚至无望获得面孔的名字。

呵，萨拉，你曾经那么美，你依然那么美，纵然你不再是同一个人而是另一个人，或许你仅仅是另一段时间中的另一个人的形象，而那人是在不甚知道她对你有何期待，也不甚知道你对她有何期待之际化作萨拉的肉身的。你也不甚知道是否应该感谢这部赋予你生命、有着开阔空间的书，在这部书中，当大地上再也没有了爱，当四处充斥着如许复仇、如许罪愆的时候，你超越了死亡，为了爱于凯尔，为了你的爱，为了我们的爱。

萨拉，你在情感不安的寒冬颤抖，你勃发的青春无法得到阳光的照拂。你蜷缩在于凯尔的阴影里，你们的躯体已经没有多少时间——太少了——互诉衷情，但直至你最后一息，所有欢乐和谐的词语始终撼动着你的周身。孤独中，你的头在摇，至今依旧在摇，有如夜间闪光的浮标随波逐流。

如果那是你，萨拉，我也应当死去，这样才能真的与你的恋人相似，我们才能如此亲密，再也没有什么可以将我们分离。我与他同死，他活在我的死亡里。他住进我的公寓、我的卧室。他读我的信，坐在我桌前。握着我的笔。聚集起我的字词，撰写我的书。

那肯定是你，庞多瓦街那个站在寡欢、佝偻的妻子身旁的犹太老裁缝。那肯定是你们，是你们这对沉浸于痛苦中的夫妇，你们不得不苟活下来，更具讽刺的是，在你们的儿女被残暴地扔进焚化炉之后，你们还得忍受白发人送黑发人的折磨。但如果真是你们，为什么你们认不出我？为什么你们不从那半明半暗、灰泥脱落的店铺中现身？为什么你们不能低头看看那件揉皱的外衣，为你们这位手头不甚宽裕的客人翻新一下，是不是你们麻痹的双手已不谙缝制衣衫？

那肯定是你们所有的人，但由于你们可能如此缺席于自身的缺席，所以必须给你们更多的时间来回应我的召唤，仿佛在这个时间的空间，要解开一个谜，要认出一个名字，只能以这样一种方式——通过不可逆的延展沉默，让沉默取得优势——来实现。

相似性跃然而出之地，万物嬗变。存在非存在，万物非万物，书非书。

（他说："遗忘紧跟遗忘，如光影相随。

"星辰无非是同一句话语的不断重复。因为我们在黑暗中言说。"

于凯尔曾经写道："一天晚上，我凝视着海面上闪烁的城市之光，激动之余，我读起了同一部书。"）

别　名

Y.H.W.H.[1]

至高神伊利昂[2]。

以那沉默之名，

一个沉默的别名；

——那无法承受的沉默，如七重天之沉默。

"于是撒冷王麦基洗德向亚伯拉罕致意：愿天
地的主、至高的神赐福与你。可亚伯拉罕却回答

---

[1]　Y.H.W.H.，是 Yod-He-Waw-He 的缩写，读作 Yahvé、Yahweh 或 Yehowah，汉语通译
为"雅赫维"，是犹太教对上帝的称呼。在《希伯来圣经》的经文中，该四个字母代表上帝
的圣名，称为"圣名四音"（le Tétragramme）。通说认为，此名源于古希伯来词语根 hwh，
本意为"是/在/有/生"。犹太教认为圣名至圣，不可妄呼，故而禁止在耶路撒冷圣殿以
外说出上帝的名字。由于古希伯来语仅记辅音而不记元音，岁月流逝，该名读法逐渐失传，
现诵读 Y.H.W.H. 时被"阿东乃"（Adonaï，意为"我的主"）所取代。

[2]　伊利昂（El-Elyon），希伯来语著述中上帝的代用词。以色列人认为上帝的名字至为尊
贵，不可由人妄呼，说到上帝的名字时应称作 El-Elyon（即"至高的神"的意思）以代之。

说：你所呼的至高神并非别人，肯定是我侍奉的雅
赫维。这是他的真名。你至今只知他的别名。"

我作品中的人物们，或许你们从来就没有名字。为进入本书，你们
是不是也使用了别名——一个借用的或权宜之名？

犹如命运被抹去一样，你们的姓氏也被抹去了，代之以一个没有
姓氏的名字——纸页上，还有什么比只有一个名更不具人格的呢？一个
个名字淹没在书中，它们再次探出头来的那片环境里是无法打捞它们
的，除非我们将身子探到坠入虚空的程度，在那儿，宇宙抛弃了自己的
名字。

你们应当妥善保存好自己的名字，以免我的书也沉没下去。你们应
当好生照拂自己的面具，那是你们精心打扮的外表的外表，或是漫画人
物般的外表的外表。但只有在我们借若干字母指认并共同发现你们的脸
之后，你们才会安静下来：萨拉保存的于凯尔的脸和于凯尔保存的萨拉
的脸。赋予雅埃尔的脸和她胎死腹中的孩子埃里亚的脸，埃里亚的脸被
他自己的名字所救，因为他本可以用亚埃里的名字而成为埃里亚，但
亚埃里不乐意。因此，我们的确只是某个名字的延伸，是其派生出的
人物。

（他说："犹太人之所以为犹太人，是因为他与
某个犹太人相似。他之所以存在，是因为他与……
相似。但与他相似的那个人之所以存在，只是因为

他又与……相似。他不过是另一个人——他者——的相似者。他是一个未知者的冒充的相似者，我们给这个未知者塑造了一张脸，所以这张脸不是他的脸，而是按一张虚构的脸塑造的另一张脸：一张瞬间的脸，随着它与当下记得的脸的相似而变化。"）

——作为犹太人，是否意味着永远都是最异想天开之相似性的对象？

——犹太人与造物主最为相似，造物主是沉默的话语和所有话语的沉默，而犹太人既为沉默三缄其口，又为任何话语口若悬河。

——犹太人便是存于造物主的书。

索菲尔拉比写道："我们将相似于我们的盟友，尤其相似于那个与字词之虚空中的隐身者在一起的盟友。"

贝纳撒亚拉比曾经写道："在每个人眼中，造物主和人的同谋关系会在沉默的丝袍中找到最华丽的饰物，人穿着这件丝袍来控制这种关系，这是最自然不过的事。不料有一天，人扔掉了这件丝袍：本地方言竟然报复起神圣的话语来了。"

比尔特兰拉比说："狂妄中，人竭力提高嗓门，想让自己的话语充斥宇宙。此即那本书之话语的没落。"

贝拉哈拉比说："当万物与你一起杳无声息时，造物主与你相似。"

他又说道："当摩西抵达死亡的门槛时，造物主自愿化为沉默，以使自己的嘴巴成为这位先知以及所有新的话语的坟墓。

"我们倚着造物主的唇言说，并在他喉咙的深渊中书写。"

谢尔基拉比说："字母与数字之间、字词与数量之间的相似，在于使用和交换它们时价值相当。我们书写，犹如计数。"

纳乌利拉比插言道："如《问题之书》中写到的那样，数字'四'无疑是一个最大的数，因为它上天入地，空前绝后。"

阿瓦特拉比回答他说："上天入地之外，空前绝后的无穷空间之内，绝无任何数字。"

于是翟克利拉比说道："但与无限中那个无法结晶的数字在一起的，还有所有那些数字的相似性。

"它与造物主那个不可妄呼的无限之名是一样的，尽管所有名字都与之相似，但那只是那些名字闪光的尘灰。"

（本萨东拉比说："大卫之星是什么，不就是三角形在镜像中的叠加么？相似性便是明见性。"

"明见性是相似性最主要的证据，"舒沙纳拉比在给他的信中写道，"因为相似性常常受到质疑。明见性在远处起作用，而且其效力建立在奇迹之上。"）

静止的时间

　　静止的时间是从时间中逃逸的时间，也同样是从逃逸中逃逸的时间。我在他处。我让他处成为此处。此处和他处的时间同样是从我的逃逸中逃逸的时间。他处的时间从他处逃逸，来与此处的时间汇合。此处的时间则从它所在的场域逃逸，变身为更远之场域的时间。所以，时间是一个时间与另一个时间之间永恒的往返去来。往返废止了时间。被废止的时间意味着静止的时间。虚空、死亡、空无均在时间之外。但此时间之外只能是被推向更远的一段时间：正是这个时间之外的时间方为书写的时间。一旦被书写，一切看上去都不再移动。静止的字母，静止的字词。书承载着静止之字符的重量，那是字符从逃逸中逃逸之运动的静止，是在一个字母中包含的全部空间的毁灭性的重量。

　　　　　　（呵！你在奔跑，向远处奔跑。万物都处于逃逸的状态，你也在逃逸。没有一样原封不动。书只是我们逃逸的邂逅之所，是一处已从其场域中逃逸的场域。

此时，书写可能会注意到这些偶然或预先策划好的邂逅。电闪雷鸣的空间：一个词语落入另一个词语的陷阱。一本书任由我们阅读。

无限之书乃是与字词生命攸关的空间。

阅读那些甚至是逃逸了阅读的东西。

或许，我们的阅读只是识破了字词对其自身的逃逸意愿伴装出的倦怠。我们的阅读还在于每一次都能从中揭示出那道门槛。

书有一种虚假的静止，一如话语有一种虚假的运动：因为书想从书中逃逸，而话语却执着于自己的所言之物。

形成与逃逸，几近同义。

我们从自身逃逸，进入我们形成的状态中。

我们安排一场出走，犹如制作一本书。

言说与书写的区别在于，前者渴望安定，后者醉心逃逸。

他说："你想安定下来。却从逃逸中逃逸。"

所有逃逸都是一簇书写。

像水管流水一样，词语同样从流动中逃逸。

我们有时也会出其不意戳穿词语。

一个失血过多的字词只能是一个目睹其临终痛苦的字词。我们无能为力。

并非墨水给字词上色，而是地平线在迷惑字词。

除非丧失活力，否则一切都不会静止。

树通过树根逃逸。宇宙是被逃逸挑衅和挫败了的逃逸。

生命、万物和世界的稳定，不过是两次逃逸之间暂时停顿的、微不足道的时间。那时间难以察觉，从而变为我们依赖的虚幻时间：旧日时间，不堪回首。）

所有相似都是两次逃逸间隐含的默契，是意愿与行动的共谋。

相似中所有逃逸都有其顺延的目标。相似之书便是逃逸之书。

巴库什拉比曾经写道："出走时我们就很清楚，这只是以另一种形式回溯我们的脚步，一直回溯到我们迷路的那个地方。"

场域的多样性

他说："相似于自我，并不是某种反常的模仿乐趣，而是一种颠覆行为，是自然和灵性的雄性颠覆的展示。

"犹太人毕生致力于与书的完美相似。"

鲁祖姆拉比说："我发现在所有民族中，犹太民族最具颠覆性，千百年来，犹太民族能逃脱灭绝的厄运，均拜这种颠覆性所赐，他们正是以此来自觉呼唤对书的忠诚的。

"没有人能像犹太人那样致力于正确的阅读。没有人能比他们更懂得书写只是撤回已写就的东西，以便惠及时下的写作；他的忠诚无非是对未来的忠诚。"

阿萨亚斯拉比说："犹太人的灵魂，其白若纸。纸页上，我们曲折断续的漂泊就印制在失去场域的字体里。"

*

所有阅读都是对一个陌生场域的阅读，对一个最初场域的阅读。

戴维拉比说："造物主曾在不同场域向摩西现身三次。每句话语都守护着这片场域。

"书同样拥有自己的场域，但大多数特征并不明显。不过，这个场域乍看上去很可能是字词的中意之选，并以此作为向某个其眷恋的场域——或许是让它魂牵梦萦的故土——的回归。即便一个词语也会狐死首丘。这种选择只要不是心血来潮，那么它对书之追求、书之发展则意义重大。

"问题是，谁有权为书选择场域？"

戴科阿拉比回答说："书并无场域。所以不需要选择。但有上千个场域阻挠选择。每个字母都是场域的某种私密的布局。我们在书写中所能够做的，就是把每个字母的场域告知字词，把四处飘零的词语场域告知书。自从出埃及以来，犹太人就是借此找到犹太人的。犹太人的每个祖国都只是同一片分离的故土，他们通过聚集起来完成书而复归一统。

"因此，书写其实就是重复确认每个位于特定场域的字母及其归属工作，这些字母始终戒慎戒惧，直至其进入书中，而书也重新聚集起无限的场域：呵，那便是应许之地，是全部的应许。"

（泽迈尔拉比写道："字母中有一个字母是我实实在在的祖国。每当我在一个词语中发现它时——不必说发现过两三次——我都幸福得发抖。呵，兄弟们，作为没有土地的民族，请不要再说我们是来自这个或那个国家，而应当说我们是来自这个或那个字母，因为世界就是我们的书。"

加兹特拉比则说："字母表中的每个字母的形象都可谓一片国土。我们阅读的是同一个祖国。"）

你走进书里，穿越词语，走过一个个场域。

你不会再逐个细数你的惊喜、断裂、喜悦和失望。

他说："我死亡的场域众多。我会逐个提及和书写它们。"

有人回答他说："你说到的、写到的某个唯一的场域，它已涵盖了所有场域，如一秒钟里栖息着所有此前的每一秒、如书里栖息着早已写就的每本书一样。"

舍姆里拉比写道："我谈的是一粒沙与另一粒沙之间虚假的相似，谈的是痛苦与痛苦、欢乐与欢乐之间虚假的相似。万物无相似：宇宙与造物主之间的相似等同于一切与虚无之间的相似，如虚无打扮成一切、一切打扮成虚无。"

他又说道："如果说我们看不到造物主，那是因为你在一切里寻找他时，他在虚无里；而当你以为在虚无里看到他时，他却在一切里。

"但是，"他接着说道，"我们的双眼既然无法拥抱一切，也就无法拥抱虚无,因为虚无无非是空无的一切。"

他的一个弟子对此回应道:"一切相似于一切,而虚无相似于虚无。

"所以说,无论一切还是虚无,二者皆不存在,我们看到的只是两种相似的无法想象的事物:乔装成一切的一切和乔装成虚无的虚无。

"所以造物主只能是被揭示出脸的某张缺席的脸,是非相似之于相似的非相似这样一种复杂的关系,有如光的一堵厚墙之于其清澈的对应物的关系。"

萨班拉比说:"造物主的完美即在于他摆脱了自身的完美形象。完美拒绝相似。"

哈巴邦拉比说:"唯有造物主不知相似。在所有与他相似之物的中心,他就是那个非相似。他是非相似所指定、作为众多无效相似之相似的多重相似,如折射出空无的空无。

"因此,在虚无相似于虚无之地,一切相似于一切之地,造物主相似于造物主。

"正因为如此,造物主炫耀其一统的多样性时,说的便是虚无与虚无的相似和一切与一切的相似。"

> (莫斯理拉比说:"向希伯来子民传授十诫之时,摩西可曾想过这些子民正满怀虔敬的激情,试图打探雅赫维是否还写过其他词语,就像造物主沉默的意志只是邀约这些特殊的子民以与之相似的人的话语弥补缺席的神的话语?")

阿尔谢拉比说："相似是书昭告废除的形象的一个形象，举止的一个举止，话语的一个话语，沉默的一个沉默。

"因此，任何时候都不存在一部相似的书。"

他又补充道："凡相似在事实上存在的地方，书之成为书便会遭遇天大的困难，这种情形难道不是与最终想成为犹太人的犹太人的遭际如出一辙么？"

玛苏莱斯拉比则说："从某些方面看，我们可以把犹太教视为某种夜半的执着书写，彼时，虽然所有书写都已渐行消隐，但犹太教却因其内在的品德而具有世代赓续的清醒耐心——这是犹太教最显著的特征。"

（塔拉赫拉比写道："犹太式话语并不存在。只有一种诘问的、期待的、为问题而备的话语存在。面对强势的话语——威权的、充满敌意的大多数人的话语——存在着一种无声的话语。面对造物主——我指的是犹太人与造物主的关系——存在着一种隽永的话语。对我而言，所有这些话语其实只是一句唯一的话语，我之所以将其称为犹太式话语，是因为它来自我们最原始的诘问，而该话语以其多元性见证了我们的自由和反抗。"

他又在其他地方写道："反抗不也是顺从的一种遽然爆发的形式么？

"过去，我们对所有人唯命是从，如今，请让我们只听从自己的内心。过去，我们对万事每事必依，如今，请让我们只听命于虚无。顺从的时代一去不复返，我们今天要自觉地奋起反抗这种顺从。"）

流浪中的书写——不限于某地的书写，而是字母与字母重新聚首而激活的所有场域——如今已在其自身焦渴的荒漠中干涸。每一粒沙都在为这片荒凉的、已成为其自然家园的区域代言，但每一粒沙都死于烈日炙烤下那孤独而持续的死亡。

书写为这些被遗弃的场域哭泣，泪流成河，化为墨汁：泪水，便是犹太人的墨汁。

哈苏恩拉比曾经写道："地球上每一小块土地，无论最富庶还是最贫瘠的，都曾通过书的形式，将相貌、性情、存在与生活的理性赋予犹太人。但也随之成为犹太人与生俱来的怀旧、不安和痛苦的生活方式的酵母，这些无疑与其他民族相同，但他们仍绷紧神经，在非场域的闪烁星座中认出一个预留下来的场域。"

于凯尔曾在日记中写道："犹太人与犹太人之间的相似，可以用熊熊烈焰的宇宙和劫后余灰的宇宙之间的相似进行比对。"

顶级挑战

（一天，耶希尔拉比的一个年轻弟子问他："你在对着什么、对着谁微笑？"

耶希尔拉比手指虚空，回答道："对你自己，对我，对你的问题。"

他接着说道："对我们的相似。"

阿米埃尔拉比高兴地喊道："我生儿子啦！我有儿子啦！他继承了我最看重的相似性。他的脸将这些相似性统统放大了。"

玛洛德拉比说过："死的时候，你会相似于所有死者。你终将相似于所有油尽灯枯的相似。"）

人对这个神说：

"我只聆听你；可听不到你。

"我只看着你；可看不见你。

"我只寻找你；可找不着你。

"我只盼望你；可盼不到你。

"我只塑造你；可造不出你。

"我只打击你；可打不了你。

"我只在你身上追问我自己。

"我只按照你来衡量我自己。

"我只是你的话语中的话语。

"我只是你正在书写的字词。"

神对人说：

"我是在你们的创造中位于语言之后的那个最专制、最难缠、最玄机莫测者。"

人说：

"我是语言么？"

神说：

"我是语言的提问。"

人说：

"我是问题中的语言么？"

神说：

"呵，空白，愿你的呼吸在我话语无瑕的大理石上画出第一条线。那些白昼里狂热书写出的东西，黑夜之碑允许我们阅读。"

人说：

"我的语言是饶舌的尘灰。请给我另一根舌头。"①

神说：

"尘灰是大理石，而虚空是宇宙。"

人说：

"我在哪儿？"

神说：

"你在哪儿又何妨？——无论你在何地，我都不再见你。"

人说：

"我给你的双眼是否过于疲弱？"

神说：

"你给过我无限的双眼。"

人说：

"请把你的目光投向我吧。我承载着无限。"

神说：

"愿我们的缺席成为同盟。"

人说：

"你在哪儿？

"我在哪儿？"

（沙穆恩拉比说："主呵，在你身上，我像你一样隐而不现，而我的名字便是隐形者的那个名字：

---

① 法语中的 langue 一词同时有"语言"和"舌头"之意，译文只能选择其一。

你的那个不可妄呼之名。"

作为答复，巴斯利拉比写道："我们与造物主之间的正常关系意味着我们与那个圣名即那个不可妄呼之名的正常关系。"

在语言的无限延展中流浪。

卡莱夫拉比说过："造物主的名字被造物主之名过度编码，因此无法妄呼。"

*

……所以，书的主张中充满了字母主张的回声，在那儿，它们双双被禁止通往普遍相似之路。

相似只受制于其自身。定义这种限制意味着将注意力集中于相似之上。

对人而言，只有人世间才存在相似。

除非系统性地避免一切相似，否则创造中不会有任何相似存在。）

——你是不是离书已经很远了？

——在此交汇点上，书依旧向其退避三舍的奸诈追问开放。

若书从未存在过，可以先验地认为不存在对书的追问。

但是，若书只是煽动起的欲望，而这个欲望只是对书冷酷哀婉的期待，只是适宜字词出现的某个场域最终伸张的时刻，那么，对书的追问就是对这部充其量只能算是不完美的典型之书的再次提问——我们曾目睹该提问一步步实现。

问题会从书的这种充满狂热的激情中向书喷薄而出；会从其超越边界、绝不减速的推力中喷薄而出——这是炫目字词的顶级挑战，是在死亡的航迹中以我们自身下注。

世界就在那只向我们伸过来、掬满沙子的手心里。

此种情形下，书写会存在于将那些充分意识到其境遇的字词集合在某片假象的、洋溢着田园风光的土地上，那亦是在非场域——每天都在沉默中受到骚扰的非场域——的基础上想象出来的一片场域。

*

——你在书写。你书写的只在瞬间有效么？

——即将到来的瞬间根本不属于我们。

——此种状况下，当下的瞬间又如何可能属于我们？

——弥赛亚将在明天到来。明天，一切都将改变。

——有没有比未来还要空白的当下？如今，满天下洒满了我们话语的影子，可哪道影子胆敢去侵袭无瑕空白的明天？

——当弥赛亚像大海中的漂流者一样搏斗时，我的墨水之夜敢去，我那些吞噬了我的黑血的字词之夜也敢去。

我的每个词语都承载着改变。

——可是，它们为我们备下了何种改变呢？

——可能会建议我们进入某种乐于改变的境界中吧，改变所拒绝和担心的就是这种乐于的态度。真实是变化的美德。

> （纳赫曼拉比曾经写道：“你说过，‘真实便是虚空’。呵，虚空几乎被变化啮食殆尽了。

> “那弥赛亚从哪儿进来？呵，请回答我！书是不是一个封闭的宇宙？”

> 阿卡德拉比说：“弥赛亚是变化的条件，是转世的条件。”）

对我而言，此后所有有关理解和判断的理性，都与我预留的对书进行研究的回忆联系起来，将来我须借此回忆进行评估。我发现自己恰好在这个点上被字词俘获了，其必要性——这种必要性受我想逃出孤独的强烈欲望驱使——尚未以确凿的形式让我完全认同。可我的生命却全被攥在这些字词手里。我最终必须跨越那条严禁跨越、任何字词都不敢侵犯的沉默的分界线。我必须激励这些畏首畏尾的字词咬定无限不放松。

这部我们力所能及的书是一个被诅咒的世界的终结之书。全靠幸存者按书的指令将词语归还给它。对所有书来说，难道会存在某个单一的指令么？从这个角度看，写作一本书就意味着找到其原始指令，否则书将无法存在。书的指令不就是绝望在所有已写就、被虚空撕碎并被放逐的纸页上开辟出的路径么？

　　　　　（他说："我们最沉重的锁链系由不善于表达的词语锻造。"

　　　　　塞卜东拉比说："别以您知道、而我本该知道的事对我说三道四。您应当以从我这儿学到的和我每天所学的去做出评判。"）

　　　　　　　　　　　＊

　　　　　然后，一切皆空……
　　　　　这是造物主的无能。

　　　　　他说："你以为自己能抵达夜的金色之巅，然后毫发无损地返回出发点么？"

　　　　　他又说道："黑暗的群山。心灵的群山。夜晚的无限中，一颗孤星便是这缕知识之光，它只为自己闪烁。"

对我而言，也许该绘制一份断层地图了——一份可以标示出难以避免的塌方的地图，那塌方由一场骤然而至的地震引发，是一处文本陷入另一处文本的塌方，它将不同时期和不同层面的文字混在了一起。

他说过："书写无绝顶。书写本身便是顶峰。"

断层线。死亡守护在死亡的另一侧。

死亡拥有自己闪光的时刻和黑暗的时刻。

永恒有分区。

清晨里，是我孤独的影子。

他人寻求稳定之处，我们却在一块漫无涯际和漂移的土地上冒险。
他人寻求借口之时，我们却在寻找疑惑、恐惧、焦虑和无限的质疑。
颠覆性的话语和层出不穷的论战皆源自猜忌和争吵不休。
他人企盼结果之时，我们却只余空无。
从空无出发，最终只能重返空无。漂泊面对与死亡同步更新的负面诠释，我们接受并承认它是进入书的唯一途径，在那儿，我们因已被命名而掌握了命名的权力，这种权力会削弱任何在场的显现，削弱任何偶发的图强冲动，理所当然地也会把任何想指手画脚的欲望斥为荒唐。

书写将自我定位为书写的终极，在此，感觉在感觉之外、在可靠的含义之外的世界中颠覆，它饱受挑战，无处可逃，直到变成由失败所发起的挑战的全过程，而失败则在终点虎视眈眈。

谁能阻挡我们前进？话语和字词均无法存在之地，还有什么话语、什么字词能约束得住我们？万物皆空白，而且不会因为我们、通过我们而改变空白的状态。

——这么说来，考问在何处重生，如何重生，经由什么重生？考问始终是我们的路。

——或许会从一个暂时搁置的考问尚在冒烟的余烬中重生吧。

（我们是否只有在书中才能与造物主保持距离——除非造物主恰恰是距离本身，而书又在其中被书写？

那是造物主与其自身保持的距离，仿佛一旦选择了那本书，他就自判提前消失了。

写书等同于确立让书产生的秩序。可是，哎，让我们懊恼不已的是，这个秩序从哪儿逃遁了呢？一项秩序有如一个空白的轮廓，字词就在其低洼处安家，压根儿忘了它其实只是空无的轨迹，而我们却徒劳地想解读它。

"那本书的子民们"，千百年来，你们不是始终沉迷于由字母维系的极端的空无么？

……沉迷于极端的虚空么？）

通　道

他说："那些未被思考的，或许就是明日之思。

"造物主即未来。"

在我们的思想山穷水尽之地，造物主仍在思想。我们必须抵达这一思想。

有位智者曾经写道："我是引爆思想的思想，我是引领缺席走向岔路的缺席，我的无知伤人害己。"

所有通过之物或许都对通道着迷。

他又写道："我的思想是匕首，而我是我的思想。你用柔弱之手夺下了我手中的利器。"

他又补充道："我们攫取了造物主的思想，我们解除了他的武装，因此他不复存在。"

任何思想都是其死后在富有启迪意义的非思想中遽然复活的、可以被观测到的时刻。

唯死亡中有未来：唯一的通道。

造物主即通道。

审 判

要相信那比我们更久长之物。

面对下一个诘问。

昨天是个热切的问题。

思想对思想打的都是不平等的战役。

通报战斗结果。呼唤仲裁者。尊重其裁决。

如果我们既是战斗双方，又同时出任一场混战的仲裁人，此种裁决当如何做出？

扎弗拉尼拉比写道："武断是我们的半个救赎。

"所以，今天，临时休战期间，我们既不能自认一败涂地，也不能宣称大获全胜。我们既非完全活着，也非真的死去。"

　　疯子加布里拉比——他因为结核病在此后去世——曾经嚷道："造物主啥都不是，就是空气，就是在我肺里钻孔的火热空气。

　　"我啐他，我用我发黑的全部伤口啐他一身，是他在我身体里打开了这些伤口。"

　　儿子对他说："父亲，每颗星星不也是天空患了肺病咳出的痰么？

　　"聆听了你的教诲，我们让自己的灵魂变得坚强，而你却草草葬掉了灵魂。每一样来自造物主的东西，包括疯狂，都是智慧的太阳。

　　"在此高度上书写出的墨水的真实是透明的。而我们与他的相似则在深渊底部闪光。"

　　德巴斯拉比写道："任何火苗都是厚重或微弱的神圣呼吸。造物主在呼吸，他用火舌既照亮我们又烧焦我们。但造物主的奇迹在于，他将呼吸化作不朽的火焰，却无损于他自己。"

索麦尔拉比曾经写道："一条狗跑过来。它在附近转悠，胆怯不安。

我抚摩它。它便跟着我走了。在这畜生湿润的目光里，闪现出我们在遇到征兆时的那种坚忍不拔的忠诚。"

（摩亚尔拉比写道："最后的目光，凶手的目光。呵！但愿你的眼睛从未向世界投下最后一瞥。阅读若具有如此穿透力，便会使源头枯竭。被阅读的瞬间便会成为鳏居的瞬间。但有一类文本，我们的阅读不会很快将其消耗殆尽，因为此类文本的丰富程度与我们打井的深度有关。有那么多未知的清泉滋润着种满了书的原野。"

毕塔尔拉比说道："所有语言中，犹太人以其自己的语言抵制任何其他语言。这就是其孤独之所在，正如其颠覆性在于将其他民族的语言吸收到自己的语言中一样。"

《问题之书》中很晚才露面的一位流亡拉比写道："情郎说出的话语和向造物主说出的话语都与书写密切相关——因为它们已不再是日常的话语，而是为所有消磁之话语言说的话语。"）

尤素福拉比写道："所有的相似都是书提供给我的。书之相似于躯体是纯粹的，有如我们言及纯粹的艺术或无瑕的钻石。

"通过书，你会珍惜你的身体，因为它与那个其珍贵汗水皆为墨水的神圣躯体颇为相似。"

……所有这些毛孔，这些精微、天然的墨水盒。

汗水之书是躯体的源头之书，是字词温煦的湿润。

*

阿布尔克拉比写道："谈到意义，我们着重强调它对意义的超越。谈到无意义，我们着重强调它的专制。"

阿玛尔拉比说："造物主首先是无意义，其次是无意义的意义，最后是其否定性的升华。"

他又补充道："造物主在对名字的拒绝中为自己命名，在他沉没的非命名处为自己命名。"

为此他总结道："造物主并非拒绝，而是他拒绝在拼写他名字的真理之路上的逐步发展。"

轮到阿萨德拉比时，他不是这么写过么："造物主是绝对知识中心里的一切知识的枯竭。他是非知的华丽副词，而非知本身是我们知识的不确定的回归地和安息地。造物主对自己知道一切是一无所知的。他已提前知悉了一切，所以他在创世的第六日——宇宙的第一日——放弃了无用的知识。"

阿尔菲耶拉比说:"造物主的可读与不可读即非知的可读与不可读。"

一天,纳赫米亚斯拉比问莫纳塞拉比:"非知边缘是否深植着一个造物主也甩不掉的问题?"

莫纳塞拉比回答他说:"肯定有这种问题。我们之所以在这个永远不得而知的边缘一筹莫展,就在于它与知识格格不入。"

此时,房间一隅心不在焉地听着两位拉比讨论的达巴赫拉比说道:"死亡在丧失了意识的同时,不是也丧失了全部知识么?我们无法向死亡追问这个问题,除非我们已经死去。可一旦我们死去,问题也就不存在了。"

(达萨拉比写道:"就像造物主那样,随便接受一个词语做你的名字吧。这是全然接受词语的唯一方式。"

哈基姆拉比说:"我的名字是名字与圣名之间可以感知的距离。"

塞姆哈拉比写道:"如果我们承认那本书的规则有缺陷,就必须承认造物主传给我们的是一本荒诞的书么?除非他想对我们强调说,荒诞乃奥秘之本。"

他接着说道:"或许,造物主就是想用他这本

有缺陷的书告诫我们说，书是不可能存在的。"

他还在其他地方说过："如果造物主本身是一个缺席的词语，或不如说，如果他是众多词语的缺席，那么每个字词不都是该缺席的替身么？"

开发缺席：神圣的语言。

你在造物主身上书写。）

*

在此，我们已是死者。你怎么还能要求判处被告死刑呢？

——所有这些刑罚，这漫长的痛苦，何等耻辱！

被告人就说了这么几句话。其他人听不见他说了什么，只有他自己听到了。所以，他因自己的沉默而被判有罪。

公诉人的灵魂说："如果您对这些事实不予否认，那就是供认不讳。"

陪审员一致通过。

公众为判决喝彩。

判决死者死刑，何其荒唐！

从此，灵魂王国里将增加一个断颈之魂、无头之魂。

大约十五年前，他因为出版了一部让人不安的书而被捕，随后又出版了其他有争议的书，这一切无疑都加重了他的案情。但是，除非灵魂与躯体分离，谁又能监禁灵魂呢？如今，这个灵魂行将获得解救：它将变成一个难挨的空无，一个无壳的躯体，一个无魂的灵魂，既聋且哑，再没有目光从黎明伟岸的臂膀喷射而出，将黑暗的充气隔墙推回原处而让世界进入：一副躯干上，长着不受待见、让人颜面尽失的手和腿。可又有如许难以言说的慰藉：没名没姓，孤独的胜利和流亡的命运。

他想起萨缪尔拉比说过的话："灵魂是由缺席的躯体庇护的躯体。所以，别指望能在其中找到你的骨头和血肉或看到你的鲜血流淌其间。不朽只是一口气，不朽之躯就是那呼吸的皮囊。想想看，就像用精美的玻璃花瓶保护油灯里的烛芯。喇叭口状的虚空会使呼吸不断燃烧。造物主就是宇宙中那无垠的呼吸。他吸气时是白昼，呼气时是夜晚。那便是太空中的夏季和冬季呵！是炽热或冰冷的灵魂。"这句话让他又想起了泽冬拉比去世前一天写下的一段文字，是泽冬拉比的女儿转告给他的："灵魂是一小片伴随它闪亮或暗淡的蓝天。共同的愿望将它们紧密联结在一起后，我们的灵魂就成了造物主的宽敞外套。请让我的灵魂成为那外套的口袋吧，好让造物主能随时把他的书放进去。"

他的一个弟子后来评论道：“此即为何我们时间中最微不足道的碎片也全是由造物主的清晨与傍晚赋形的。我们在无数宇宙的同一时间内生活却全然不知，而这或许只能在死亡中才会揭晓。”

（巴努恩拉比说：“有多少宇宙声称拥有同一个字母！我们字词中包含的字母和它拥有所有这些宇宙的倍数一样多。”）

本斯伦拉比说：“大胆地成为他人。若如此，我将不复存在。”

*

一个作为控方证人被传唤出庭的作家的灵魂说道：“你想写这本书。你想让我们相信你会成功。可你却一个字也没有写。你并没有写出书来。”

被告的灵魂对此答道：“我们什么也写不出来。书并不存在。”

证人的灵魂接着说道：“你这个渎圣者！我们不就是作家么？而你，你不是总冒充我们当中的一员么？我可是写过不少作品的，至今仍有人在读。”

被告的灵魂跟着说道：“一个作家知道自己写不出什么来。他知道自己排列出的字词仅仅是片刻的愉悦或悲伤的字词，是字词与作家之间的游戏，换言之，是虚无与虚无之间的游戏。书是书的死亡。书中的每个时代都在描述我们的死亡，因为死亡的纸页正是书页。"

"……可我们已经死了。"法官的灵魂说道。

第二个控方证人是个犹太人的灵魂。它几乎无法控制自己的狂怒。

它说："你这个叛徒！我们为你的犹太话语敞开了大门，而你的话语句句是毒药。你说到造物主，说到那本书，却是为了诅咒他们并将其碾为尘土。

"书的门槛上，你说每个人都是犹太人。你细述我们的苦难，细述我们的不幸。你向弥赛亚求助，却是为了更疏远我们，是为了在虚空中凿出一个更大的缺口——那是我们的深渊。

"那你说，我们的呻吟、我们的哭喊成了什么？

"你写道，作家和犹太人同属一个话语即漂泊的话语。你把我们对造物主的信仰和我们的希望看成什么了？造物主之书就是信仰之书。造物主身边无孤独。流亡中，犹太人如果不能团结就没有前途。团结是我们的力量之所在。造物主在我们心中，我们把团结奉献给造物主的一统。我们中间哪怕一个人在思想或行为上疏远自己的教友，都会损害造物主的一统。

"你在挑衅书。你的问题已误入歧途。你让路翻倍变长，到头来又任由沙子封路。

"在穷追不舍的审讯面前，你的书只能是提问中转瞬即逝的书，在那儿，造物主只能充满从未成为造物主的绝望。

"你算什么犹太人？你拿着死亡之书反抗生命之书，就像苗圃里的荨麻蔓欺负玫瑰花。

"你诋毁我们的智者和拉比，卑劣地冒用他们的名义，借他们之口说出你杜撰的格言，而且又把矛头直接针对他们。你在伤造物主的心，在他的真和他的爱中伤害他。造物主是全部答案。凡人才有问题。我们之所以追问神圣的答案，是为了让那答复深入人心并通过我们的问题使它更加充实，再传给我们的后人，而不是为了在他们心灵中播撒混乱的种子。

"你算什么犹太人？你竟然数典忘祖，而你也曾是背井离乡的犹太人之一。你的律法只是你书中的律法，那些戒律只由你自己之死口授。死亡属于造物主——创世之主。所有造物都意味着与死亡的矛盾。你违背了游戏规则。你站到了死亡一边——而死亡本是造物主的王牌——你想把自己抬升到造物主的高度，并狂妄地想在一个既无前奏也无终曲的点上颠覆创世。你被虚空缠绕，可虚空之中躯体和灵魂不也如树和光一样成长和绽放花朵么？你以某种终极真理之名赞美虚空，而以其他真理作为祭品，但虚空不也允许世界畅饮么？虚空之水不也能纾解宇宙之渴么？荒漠按人类的无限比例而成，环绕荒漠的虚空则是按造物主的无限比例而成。因此始终存在着另一个分离造物主与造物的无限。这个无限——即造物主打开的那本书——你却总想用你的书充斥它。只有疯子才会认为你能成功。造物主之书就是在那些只为自己而燃烧者的骨灰中写成的。"

对此，被告的灵魂答道："思想若不在无黎明处觉醒，若不在无终点处步履惴惴，那作为犹太人还能意味着什么？当我们的源头只是一本行将被超越的书的源头时，那作为犹太人还能意味着什么？你是昨日之书的犹太人还是今日之书的犹太人？你能说你是同一本书么？你能说你是同一个灵魂么?

"作为一切的话语,造物主的话语每次各异,且一经出口即不再属于他。因此不会再有造物主之书,而只有人之书,只有由造物主或人对虚空做出的书面或口头的确认。

"我说过,做个犹太人,意味着出于对唯一的那本书的执着而承担起所有的书。我说过,犹太人之死就是书中所有的词语之死,就是未完成的那本书中所有的书之死。我说过,犹太人的求生意志存在于他执意重启的书写。我说过,弥赛亚就是书的终极开放,而且是这一开放所定义的字词。我说过,犹太人最久远、最大胆、最冒险的追求,就是成为不单单是犹太教的犹太人,这一悖论也正是犹太教的要义之一,它是被允诺开启那本书的钥匙,所有书都利用这一允诺宣称手握这把钥匙。我说过,作为犹太人,意味着在归属与非归属犹太教的瞬间中孤独存在并与之生死与共,还说过犹太人的团结必须经受这种严峻的考验。我说过,一个作家之所以成为作家,只因为他是犹太人;犹太人之所以是犹太人,倒是因为在阅读终了时他已感觉到自己已然是一个作家。对他们而言,除了接受这个荒唐条件外没有任何选择,而这个条件可以让他们融合为孪生兄弟,你中有我,我中有你,共同行走于深渊的边缘。"

"还有谁听到过比这更离谱的话么?"犹太人的灵魂嚷道,"既然你什么都不信,你干吗还要说自己是犹太人?"

"书的毁灭中,我相信书,犹如死亡降临时我们才笃信生命。我相信虚无——虚无令造物主颤抖——那儿镌刻着虚无自身的断裂。这就是说,在字词占据的空间里,字词们只因它们渴望逃离其所表述的虚无才会屈服。

"我也说过，书写是革命性的、一丝不苟的和犹太式的行为，因为这意味着在造物主从其词语中退避时要拿起笔来，锲而不舍地去追求以造物主为典范的乌托邦计划，造物主是一个什么都没有留下的文本的全部。

"最终，所有书写都将赞同雅赫维之名不可妄呼——此即犹太教的训诫。

"让你的名字成为不可妄呼之名。成为异乡人中的异乡人，流亡者中的流亡者。摆脱与自身、与他人的相似，以便能最终拥抱那神圣的非相似，这便是对所有形象的审判：即真理之日。

"创世并未显现造物主，却把我们送归空无，而空无无非是普世形象的缺席。这同样是第二诫 ① 中的训诫，正是这条戒律开启了书之律法。"

一位以其睿智著称的灵魂要求介入论辩，其发言语惊四座。

它说："我们难道要让这个卑鄙的灵魂来嘲弄我们么？

"一个作家的灵魂，因作家而自取其辱。

"一个犹太人的灵魂，因犹太人而自取其辱。

"一个无神论者的灵魂，因不可知论者而自取其辱，因为它使用了一种排他性的语言，否定其他任何语言的存在，以作家的言论对抗作

---

① 第二诫（le second commandement），即《摩西十诫》中的第二诫，典出《旧约·出埃及记》第二十章第四至六节："不可为自己雕刻偶像；也不可作什么形像仿佛上天、下地和地底下、水中的百物。不可跪拜那些像；也不可侍奉它，因为我耶和华你的神，是忌邪的神。恨我的，我必追讨他的罪，自父及子，直到三四代；爱我、守我诫命的，我必向他们发仁爱，直到千代。"

家，以犹太人的言论对抗犹太人，以无神论者的言论对抗无神论者及其坚定的信念，就好像我们的言说只图毁灭自己。这是挖墙脚的恶毒行径。

"按照这种说法，所有确信都让我们变得渺小，所有思想都让我们从属于毁灭它的话语。唯有造物主在其言说之处不说话，所以在所有话语言尽之地，造物主就是那个沉默。不过，造物主若是沉默，我们听到的这句神圣的话语是什么？造物主若是缺席，我们注释的这部神圣的书又是什么？而且，与我们书中缄默的话语融为一体的人的命运又是什么？未诞生者无命运。未存在者无未来。

"这个灵魂，他到处惹是生非。它是不祥之物。它是食腐的豺。它崇尚苦难。

"书依旧是书，人依旧是人，造物主依旧是造物主，宇宙依旧是宇宙，在那儿，在语言的荣耀中，思想闪烁着光辉。"

"那非思想呢？"被告的灵魂仿佛尖叫一样壮着胆子反问道，"那不透明、半透明、肇祸的非思想呢？那伤害我们、羞辱我们、让我们堕落的非思想呢？造物主无非是所有非思想的孤独。

"一旦身首异处，我将不再有思想，我的视觉、嗅觉也将离去。我将融入虚无。我将在无尽的虚无中漂泊，而虚无同样是静止的死亡。即便在你最刻薄尖酸的蔑视中，在你作为书的所有者及其场域的保护者那种强大、自我感觉良好的意识中，你再也没法像心怀嫉恨的本地人经常盯着犹太人——那些恒无国籍之人——那样去检查我；因为你将不知我之所在，甚至不知我是否存在。作为异乡人，如同众神中的雅赫维一样，我仍将存在，但概不相似。"

法庭里四处皆白：墙壁、天花板、门、窗户、地板。法官们也是这样，从头到脚都是白的，如皮肤一样白的白衣服、白头发、白眼睛、白嘴巴、白额头、白脖子、白手、白鞋。陪审员、公诉人、公众、执达员和宪兵同样如此。可我记不得是否看到过律师或听到过他们说话了，因为我对所说的一切始终听不真切。一切都那么白，甚至声音都是苍白的。

比如说，当公诉人对被告说"假如您对这些事实不予否认，那就是供认不讳"时，当法官们赞成时，我觉得被告是说了些什么的，可惜其他人听不到，或许他自己也没听到。

一切依旧那么白，我开始寻思这法庭到底是不是真的，我是不是真的在庭，所有在场的灵魂是不是真的。而我自己，如此白，如此扁平，如此光滑，对着面前的空白纸页简直白得不真实。面对这数十页、上百页的白纸，我自己也变身为一张同规格的白纸。

随后，片段的语句源源不断地流出我的记忆，我几乎来不及搞清楚都是些什么意思。例如被告的灵魂宣称说"犹太人并不意味着单单是犹太教的犹太人"这句话时，我先是被这模棱两可的观点所震撼，稍加思索后这句话突然变得异常清晰。因为和其他人共处时，对他们而言，我从来不是我——我只是另一个我。如果我作为正宗、绝对的犹太人，就像我是本应成为我的那个人。如果从"犹太人"一词的无限或有限的意义上来说，灵魂、躯体、眼睛、声音、感觉全都属于我自己，那对于那些自称犹太人的人而言，我不可能是犹太人，因为那意味着承认我只能是他们，是他们所有人和每个人。同时，那也意味着从来没有个体的犹太人，只有犹太族群，意味着无论在部族内外都只能有犹太人的团体而没有犹太人的个体。难道一个字母、一个词语、一个符号可以成为所有字母、所有词语、所有符号，又同时继续拥有自我的存在、含义和必要性么？会聚一堂，难道我们只是单一的生命、单一的黎明、单一的夜晚么？

如果我的名字是"犹太人"，显然我不会让别人再用这个名字。眼下，恰恰是这个名字在与这个名字有关的书中处于岌岌可危的状态——它本身变成了筹码。

但我周遭的所有一切是多么白呵！白。白。白。我能战胜这个白色么？我能战胜自我，战胜这个淹没于白之中的苍白的自我么？

荒漠中，虚空中，没有任何终结是没有意义的。没有任何思想、任何书能成为思想的终结。

谈论荒漠之书与谈论虚无之书同样可笑。

不过，我正是在这一虚无之上构筑起了我的书系。

从沙、沙、沙，直到无限。

若真有一部死亡之书，它只能是书之死亡——用死亡表述，有如一座城市可能遭遇的劫掠——呵，双重的牺牲。

正是在心灵这片未卜的极限上，在这条蛮荒却又无法逾越的边界上，相似性见证了自身彰显的能量。

在此，语言消失了。

第二卷

| 暗示・荒漠 |

我们看到字词渐渐汇集一处，变为共同期望的一种单一表现形式。由此，我们得到了书的暗示。

　　其后，我们又看到书如何成为每个词中的一个个字母，这套字母表又如何成千上万次被不同地反复组合，并像沙粒般从我们的指间滑落。由此，我们感觉到了荒漠那无垠的在场。

*

　　号称自己栖身于字词中的阿萨亚斯拉比曾经写道："一个词语中，若真有另一个词语颤抖着准备降生，你就务必得看一看，听一听，在'门槛'这个词里，'孤独'正在拼命挣扎。[1]

　　"所以说，在那本书荒漠般的门槛上，你必定孤独。"

　　他接着写道："我们永远无法跨越门槛。门槛

---

[1]　法文中，"门槛"（seuil）和"孤独"（seul）这两个单词写法相近。

是无垠的荒漠。"

扎卡里拉比不是早就这样写过么："门槛何在，不就在荒漠一词那六个沙子般的字母里么？"①

萨拉姆拉比说："书是什么，不就是有一天要从荒漠中掬取少许细沙，再向远处走几步使之回归荒漠么？"

---

① 法文中，"荒漠"（désert）一词由六个字母组成。

*

舒善拉比曾经写道："主呵，是谁在你前面言说？你的圣名天生就将语言拒之门外。"

沙莱姆拉比说："在你前面，不可能有话语存在。在你后面，还能有什么话语存在呢？"

*

他说："读我的书，只能依写作顺序、按部就班地逐本阅读。这是为模拟秒钟一秒秒走到分钟，分钟又一分分走到小时。

"所以，我书中的生命对你的期望而言，不过是几个简短的阅读时刻。

"可我要付出多少个呕心沥血的清晨与黄昏，付出多少年的痛苦与怀疑呵！"

"我把相似抬举得如此之高，所以如今只能梦见与永恒相似了。"他说。然后接着说道："永恒，其瞬间是谦卑的镜子。"

他又说道："我和你，都被相似所扰，而他却在狂妄地挑衅：一个僭越者。"

他炫耀自己相似于那个他想成为的人，我们对这种相似十分惊诧——我们一直把他当作那个人的人竟如此相似于一个早已不存在的人。

最终，相似性办了一件最要紧的事。
它通过偶然的配对，怂恿起了死亡的情爱游戏。
呵，空无的诱惑。

暗　示

阿布尔巴卡拉比写道："相互依存中，是否白昼相似于黑夜，黑夜又相似于白昼，如话语相似于沉默，宇宙相似于自身的缺席，直至融为一体：一个黑夜之白昼，白昼之黑夜？

"瞬间在我们的暗示中夹带了自己的暗示。

"……夜晚的边缘，贪婪之光的暗示。朗润的正午，令人眩晕的黑暗深渊。"

……这条看不见的裂缝迟早会使这堵墙倾颓。

哈穆恩拉比曾经写道："一道闪电足以改变天空。因此，无限相似于一个受伤的人，如造物主在我们死亡的挠曲虚空中与我们相似。

"呵，岌岌可危的循环！"

相似是悲剧——或喜剧——的空无形象。

正是在无法让与的死亡中，我们彼此相似。

——这个暗示……

——您怀疑什么？我来这儿并非要图谋不轨。不过是想看看您，说会儿话……

——我很想相信您。不过，您说的话……

——什么话让您不高兴了？

——没有，不全是。可这些话背后，那些弦外之音，好像您读过什么。人家会说是从哪本书里找来的。

——什么话？什么书？

我们之间历来无话不谈。您是了解我的。我做过对不起您的事么？

——我猜……其实，是怀疑……

——您怀疑什么？您可得说清楚。

——确切地说，随着我们说的话飘向空中，这本书的纸页上遍布词语。

——您在暗指哪些神秘纸页呢？我们正在写作么？桌上没有诱惑我们的纸。笔也不在我们手里。

——没错，我们正在阅读。我们互相看一眼就能明白。请随着我眼睛的动作，就像您一迈进房间我就注视您那样。我们说的都是阅读中缺席的那些词语。

我们以为说过的话里面藏着我们可能想表达的话，不过我们还没来得及披露而已。

——您在暗示我们什么都没说么？

——沉默存于话语，像一句待阅读的话语。有一部书会永远失去。

——您的书么？

——或许是这部多次涂抹、只余暗示的书。

——是我们的沉默之书，是荒漠。

——是的，这些柔软、片状的橡皮屑像沙子一样布满我们那些被抹掉的字词四周，而最终，呵，只剩下背弃的光，特别是伤口，还有因某种可能之联系而发疯的执着希望，这乖张的蠕虫——这太阳下的食腐之蛆。

（每个话语都在其画地为牢的非相似中模拟着自身的相似。

造物主死了，他死于不愿有所相似，死于将那个自以为是的相似推向不容置疑的完美。

呼号撕裂了相似。）

眼　睛

阿萨亚斯拉比曾在笔记中写道："你必须习惯于像眼睛盯着你一样去盯着词语。"

巴哈里拉比说过："一只眼就是一个词，它靠自身睁开与闭合。也可以说，它靠眼睛里栖身的所有词语睁开与闭合。"

"都是些什么词语呢？"比塔尔拉比问。

巴哈里拉比回答说："是每只眼睛独自调教出的词语，也包括它与毗邻词语私下分享的词语，分享的词语又包括不熟悉的词语——眼睛能预感到它们的光临，亦能宣称拥有它们——还包括将来使眼睛变形的词语。

"我发现我老师不久前写下的最后那个词语的眼睛，当时它尚未变暗，尚未在黑夜中永久凝固，我被深深地震撼了。对所有眼睛未曾靠近的词语来说，这个词语便是一声告别。"

莫歇姆拉比写道："两个幸存的词语——是同一个么？——让我们

重见被掩埋的岁月之书。

"黑色或蓝色，在我们前额下方，眼睛借着它们命名之物闪光。

"我们的阅读能力应归功于这些词语，阅读能力指的是它们在我们的书中已读或正在读的散佚之书的能力。"

阿尔赛勒拉比说："我在读。我的目光融入了这些字词善解人意的目光。

"呵，曾有如许面孔住在书中，如今只剩下眼睛么？"

过去，阿尤恩拉比曾经写道："脸已被抹去、被遗忘了，可那些眼睛依旧追随着我。词语总是出双入对的。一个孤独的词语就像个独眼龙。"

"一只眼中的所有这些眼睛……"

——西鲁恩拉比

（清白是沉默之女。它与首个字词一同死去。

清白无非是自我惊诧的沉默。

眼睛只有一种眼神看待生死：我们的眼神。

我们永远都生于一个词语的虚空中。我们永远都死于一个虚空的词语中。

萨班拉比曾经写道："我就是那个借看到我的

那一位而看到自己的人。呵，透明的造物主！

所以我永远是书中的那个词语，我第一次变成了一个被偷换后的遗留物。"

每一次诞生都是眼睛的莅临，是无可非难的相似的一次偶遇。循环的律法。）

首个词语之前

希特里特拉比曾经写道:"呵,律法,我指派一个字词做你的夫君,我知道,那字词就是我。"

舒凯尔拉比曾经写道:"造物主会不会是首个词语之前的词语,但只能在最后那个词语之后才能读到?

"那么,就会有一种造物主的语言,人在其生前是不会使用的。

"那么,死亡或许就是某种自律的回归,它借神圣的字词抵达后起源,所有起源都湮没于这个后起源当中。而书则是其铁证。"

索迈赫拉比写道:"切忌问造物主:谁是造物主?他不会懂。

"切忌问造物主:谁不是造物主?他不会承认。

"切忌问造物主:造物主是怎么回事?他会大笑。"

亚希德拉比曾经写道:"你总凭着让你粉身碎骨的沉默言说。

"无论我们之后还是之前,始终只有同一种沉默:第一次沉默。"

首个字词

一

假如某个字词取你性命而去，意味着你还有一
条性命可以奉献。

任何字词都是死亡对自身的挑战，那是死于自
己名下的唯一机会；
是死于用其名字写成所有书的唯一机会。

词语从自己的词语中携死亡而去。

人借某种相似定义自我，这种相似既是他的定
心丸，又是他的希望所在。

你评论的这本书不是你读的书，而是你擅自占
有的书，它只是和你读的书相似而已。

他说："书写是否意味着承担起一本书的终极阅读，而阅读这本书
的必要性是我们存在的理由——先是精神层面的阅读，然后才借自己的
字词去阅读它？

"此时，首个字词就会成为所有书属意和期待的使者。它会像聚焦
点一样引人注目，并成为无数词语通过尾随其后亦能成为的可视、可读
之词语的唯一机会。

"有了这个字词，纸页永远不会空白。

"此即为何它会即刻引发我们的怀疑——怀疑在我们写作的书中有
一本已经写就的书，其遽然出现暴露出沉默曾统辖之地的无知。"

（"没有沉默，"他在其他地方说过，"因为死
亡中没有无知。"

……其他地方，也就是说，是在我们沿着一条
叵测小道走向字母的迂回处。）

当我们关注某个词语、某个句子的时候，当我们力图清晰表达的东西变得含混、渐次暗淡的时候，就表明正有某件事情在暗中酝酿、组织和准备实施。

那可能是最让我们担心的一件事。

*

如今想来，这就是那件被回忆、被记住的事。这些话语，这一沉默，要将我们引向何方？——或许就是在此。

男人和其他人的声音。女人和她们的柔弱。街道像荒漠，回忆则像一台吃角子老虎机，在某个好日子、某个千载难逢的幸运日子，一下子吐出相当于一个月、一年、一个世纪——或若干世纪——的硬币，而且即付即用。我们所有的往昔——以及往昔的往昔——就像这馈赠的神奇铜币、银币：某种很快便会挥霍一空的运气。

我想起来了。其清晰度虽不能令我满意，细节也不是很多，但我仿佛以同样的方式重新经历了这些瞬间，当然仍有所不同。仿佛这些瞬间虽然才发生在当下，却长留在某一天、某一晚发生的事情里。好生奇怪！于是，书与其书的往昔——或无数往昔——又有了一副真身，又找回了第一副躯体和忘得精光的话语——如果不是遗忘，也是短暂失忆——那些混乱的、一触即发的话语，面对新的沉默，比古老的沉默还要古老，但却是当下的沉默，伴随着白昼无声的地狱和黑夜深海般的背面。

如今想来，这就是那件被回忆、被记录的事，可发生在哪儿？什么时候？一个词语的部落，一个词语的家族及其子孙后代和直系尊亲——以至于我们分不清父亲和儿子，女儿和祖母。那些返老还童的字词，虽历经变迁，却依旧忠诚于它们的目标，忠诚于字母古老的憧憬，忠诚于它们或沙哑或和谐的声音，虽然重新调整，却仍彼此相似。那些名字被人憎恶、畏惧、爱恋、悼念，受人欢迎或备受冷落。

而我的名字除了书——在它的阴影下完成的书——以外没有其他现实意义，它等着被已写或仍在写的书的阴影吞噬。

*

（深潜内心，探寻自我身份，何等虚幻！存在不具有连续性。我们身上的一切都是荒芜的，呵，就像骨灰层叠的地层！

可以接近的只有瞬间与逝去之瞬间的相似。

我是谁？——或许是追随饱经风霜之脸的瞬间之脸，或许是为了仅有的一张脸而被忘掉的所有的脸，但那是哪张脸呢？

与……相似并不意味着变成他者，而是某种程度上允许他者成为自己，意味着与之死去两次，当然也通过我们的主观联系两次体验其死亡。

此外，当我们千方百计缩小我们之间的差异时，潜在的相似会让我们猝然感受到自身难耐的孤独。

他说："遗忘是相似的终结或开始。面具落下，那张迷惑人的脸便复活了。"

死亡像个艺术家，它雕琢生命的脸：我们的脸。

他说："呵，我所以要在我内心下潜得更深，是为了单独面对所有我曾经的脸，它们在我前额和面颊上刻满了皱纹。"）

*

时间仅与时间较量，却以永恒与自己较量。

时间的永恒或许仅仅是时间永恒地回归其废止的时间。废止成就了某种时间的永恒而无须共同的尺度：令人恐惧的无限。

一切书写全都从容不迫，遵从着时间的节拍，沐浴在时间中——如乘火车或骑马一样——化为时间本身的书写。

如是，也许会有书的某段时间诞生于它拒绝领受的时间中，只会更加扩展整个词汇。

我们的一个眼神、一个最不起眼的动作都会创造出某种对抗时间的时间，但它们并不想罢手。

这是创造和听命于创造的时间，最终会由史上忠实于瞬间的时间所担当。

字词的时间不是过去，不是当下，也不是即将到来的时间。它是溢出的时间，有如衬里开线时会有某个部位从衣角露出来一样。

表达的时间。极端的时间。

这又像我们只在一本有瑕疵的、绝不会开启的书之边界上书写，在过宽的纸页的奢侈边缘上画满符号。

他说过："呵，黑夜中更幽暗的黑夜！宇宙深处，字词正绽放花朵。"

……我们更担心的是：这个允诺。

*

书与书之间，在这个虚空的间隔，某人喘着粗气，坐立不安，他在呼号。他以特别的方式呼号，呼号，主要是求援，好像有谁马上听得到，好像有谁能听得到，好像谁都听得到他的呼唤、他的呼号似的。

其实，此人无非是某人的记忆，是一道伤口；是某人如今已无记忆、无伤口、无未来的爱情：如缠在更紧的绳结中的一个绳结，如刻满虚空的一片虚空，如冷漠空间里逐渐衰竭的一丝呼吸，如火场数百公里外的一道烟圈，飘移的烟渐行渐远，直到变为火焰的遗憾，哀叹着自己的愚蠢和不幸。

（拉班拉比曾经写道："造物主就是燃烧的那本书，我自己不过是字词之烟。

"神圣的白昼超乎所有让人安心的清晨。"）

二

萨菲尔拉比写道："我们因一个词语而生，因一个词语而死，却对其没有丝毫影响。"

在另一个地方他又写道："主呵，我明白我不过是那本书中的一个你可以随时抹掉的词语。"

阿希尔拉比不是也曾这样写道："造物主用创世一词创造了人。他也可以用摧毁一词毁灭人。"

不久后，阿尤布拉比写道："我们不得不为自己发明出那些造物主用来创造我们的词语。所以我们的发明鲜有惊喜。我们的生死通过这些发明变为必然。"

瞬间如永恒，存于一个词语中。

（萨班拉比写道："请让我在我种族的词语中生

长。根据第一个字词，我是一个犹太人。"

埃什柯尔拉比说："根据字词，我们同属一个种族。"

埃赞拉比说："我词语的子民，你在我们眼中如此亮丽，他人却对你充满敌意，其阅读偏见曾让你吃过多少苦呵！

"我们的荒漠之书何等浩瀚，呵，从血红世纪到血红世纪挖掘出的话语。"

他接着说道："我们的纸页之所以由无可比拟的空白构成，是要以其万丈光芒让那些少不更事的读者眼花缭乱并对我们的书望而却步，但同时，这也是一种至善之举，为的是在某个瞬间让我们淌出的血滴不为我们急迫的目光所视——突然看到这种流血的场面会让我们触目惊心。"

索莫赫拉比写道："主呵，我们的唇熟稔你的书，但有哪只兄弟般的手来翻动我们的书页呢？我们就生活在这只手的阴影里。"

"生命将尽，生命将尽，"舒埃卡拉比写道，"我甚至觉得自己还没活过。

"我凭一己之力拖着我的民族的全部死亡，拖着一车又一车的骨灰。"

阿克汗拉比说："我们期待弥赛亚。我们的话语依附其陌生的话语。"）

沉默的顶峰

她靠近我，好像突然间想托付心事，可我们俩谁都没说话，也没表示。我们内心经历的死亡如此久远，而且不仅仅是我们的死亡。

我们一起爬了那么多级台阶，如今离空无仅区区数级：瞑目的天空，生命的终结。顶峰，这就是说，所有沉默的总和，以及……

（他说："白昼之光需以全部生命才能熄灭。

呵，毋庸讳言，黑夜是其死亡。"

他接着说道："即将到来的白昼以其自身的高度确定行止，它已不同于前一个白昼。"）

他说："你在飞升，无比轻盈。

"没有一个词语允许我们

"相识。

"太高了，我们

"会死在那儿。"

（"上升，是目的么？

"没有跌落的危险。

"我们将在空间中断气。"

他又说道："一曲沉默，"一如他过去所说，"便是从时间之外飘来的一段永恒、单调的旋律。"）

在词语匮乏之处，在词语无非是倾圮的墙垣、掩埋的门户、掀翻的屋顶之处，是看不到证据的。

而且无能为力，
因为沉默是时间的必然终结。

……因为已分配的时间只是人缓慢的终结。

（"有人，才有时间。"

——哈希姆拉比

"那醉心永恒、每根骨头都化作铁窗栅栏的被蒙骗的人，他只能对时间抱有幻想，殊不知那是又一座牢狱。"

——塔夫希特拉比）

每分钟都是肮脏的，溅满了唾液和鲜血。其间，造物主可曾屈尊瞥过一眼么？

终结的事物讲述着其被拒绝之结局的永无终结。

源头的谎言

源头或许只是抹去源头时留下的烧痕。

数个世纪以来，我们历史中的各个不同时代我都曾生活过。我委实记不得我曾生活过的地方，就像那些我无心路过的地方一样。

往昔留在我记忆中的，只有那些无觅之书中的某些句子，还有一些凤毛麟角般的话语，这些话语或是出自我口，或是被我暗地里保存下来的。

记忆甫一恢复，我的笔会把它们记录下来。

阿贝特拉比曾经写道："我是谁？——你也可以让镜子回应它反射的宇宙。"

我们挨坐在一起。房间里已经很暗。她起身凝视我片刻，好像压根儿不认识我，随后便一言不发而去。

我唇间依然留有她芳唇的气息。我当然知道她曾存在，我曾存在。

创世的无知

奈希夫拉比曾经写道:"行善,我们定能长存。作恶,我们必有一死。"

没有开始的场域,只有一个总处于预期中、总处于终结中的不固定之场域的开端。

如同一步只能是下一步的希望——或是冒险,或是伤口。

造物主诞生于造物主,犹如光诞生于光,之后便是夜诞生于爱之夜。

光中的阴影,阴影中的光,暗光——暗光引发猜疑——在混淆中背离了其神圣的二元性。

造物主只能存活于造物主,一如死亡只能存活于死亡。

鲜活的造物主——有造物的肉身之生命——是难以想象的，因为这意味着要为造物主设计出一个开端。

开端是人类的发明，是关于源头的痛苦思考。

动物可能和植物一样，甚至对此毫无知觉。

从这个角度看，活着，便意味着渐次觉悟到存在着某种永恒的依赖手段，用以对抗我们在全然蒙昧的死亡中咽气，造物主则躲在雾霭的光环中出手相助。

（萨杜恩拉比写道："开端：怎样自己骗自己？开端怎样骗过自己才能让人敬服？自我欺骗的同时，它如何向我们撒谎，如何能让我们相信它的谎话，以为自己是与它一同开始的？这就是我今天的追问。"

阿苏德拉比说："创世的无知不是造物主的无知，因为他无论何时都不是被创造出来的。"

他在其他地方还说过："造物主没有任何适宜的属性。

"他若聪颖——是个智者——他本应随一切智慧降临；他若正义——是个义人——他本应随一切正义降临；他若圣洁——是个圣徒——他本应随一切圣洁降临。不过，造物主对一切诞生都是局外人，对圣名也是局外人。

所以按照他的意志，你将因自身的智慧而成为智者，因自身的正义而成为义人，因自身的善举而成为好人，因自身的力量而强大，因自身的苦难而困顿，因自身的孤独而孤独。"

哈苏恩拉比说："造物主是光，而且是如光一般透明的火。"

八世纪时，玛尔桑拉比从自己的立场出发，不是曾经这样写过么："造物主是高深莫测的光，是一切火之开端的火种。"

在第二篇论述中，他写道："每次诞生都孕育着一团火。你可以把这致命的烈焰称为灵魂，它将一切火之开端团团围住，以将其燃烧净尽。"）

造物主无质量，一如字词。

（阿苏阿德拉比说："明页之上是暗页，如此往复循环直至枯竭：此即我们的书。"

阿萨姆拉比曾经写道："明天，从你的书中将诞生我的书。所以，主呵，你便是我的读者，如同我历来都是你的读者。"

然而萨尔赛尔拉比回答他说："人之书外，并无造物主之书。

"所以，阿萨姆拉比，你在造物主的书里读到的其实是你自己的书。

　　"哈基姆拉比不是早就这样写过么：我们想读造物主之书，但从第一个字词开始就发现，其实我们是受造物主之邀来破译自己的书的。"）

界　限

人的对面，有人。

造物主对面，无物。

爱恨应有度。

造物主则无衡。

唯一。造物主无欲。

他甚至不知道虚无对折磨死亡之虚无的欲望。

"我们只能谈论范围，因为我们对自己的界限
有某种直觉。"

——卡希姆拉比

哈尔加拉比转述说："你知道他们说了什么？
呵，真是莫名其妙，他们说我住的地方不是一个场

域，因为和他们的居处范围不同。"

有人就此回应说，事情但凡出格，便难以得到他人的认可。

这不就是一桩有关场域的案例么？

一

我们在自身界限内挣扎。

无限毁灭了一切界限；所以也是我们的毁灭。

凡超越你的，必会超越你的倒影。一旦被超越，你便被剥夺了内涵，有如在死亡中。

你会东想西想，因为你是凡夫俗子。思考总也绕不开凡人关于死亡的思考。

造物主无思。

于凯尔曾经写道："萨拉，我们曾彼此相爱，因为我们是凡人，而你的爱是一种针对我们必经之死的凡人的爱。"

萨拉说："于凯尔，我们的爱何其伟大，其千丝万缕都与死亡息息相关！"

阿尔班拉比写过："唯有词义问题始终有待商榷。我们的职责是杜绝滥用词义——即在词义上滥用权力。

"思想支持我们，鼓励我们。这就需要我们把词语从词义中解放出来，而人们总想将词语禁锢在词义里。为了赴死，一个词语只能在众多词义中选择一个。

"因此，任何文本都不是同一种阅读的囚徒。"

他又补充道："发掘文本，以便能在其死后阅读。"

应当断然为词义开放词义。

听命于词语，无异于从谋杀走向谋杀。

三

（他曾经写道："无限排斥有限的一切即兴之举，就像永恒以其如椽巨笔将表述其所表述的瞬间划掉，其表述仅在发生的瞬间有效。

"如果我们谈论造物主无限的善行、无限的正义、无限的智慧，我们难道没有将这些美德从其存在的理性中、从其作为人之典范的意图中抹除么？人是不能掌握或践行这些美德的，除非他被指定了明确的时间。而人也唯有在动机十分明确的情况下，才能可遇而不可求地对他人表现出明智、善良和正义。

"人只能借有限之名义而生存、行动和言说，无论在有限中我们扮演的和有限让我们扮演的是些什么角色，我们与有限都密不可分，因为它为我们的行为、希望和举止赋予了某种意义。

"因无限之欲望、因与该无限有关而实施的所有行为，都是毫无意义的。

"永恒一如无限，若元气中断，则无非是遗忘中之遗忘，蓝天中之蓝天。")

四

亚舒阿拉比说过："你的全部书写都被写在其界限的范围内，都是在你自己界限内的书写。每一页都让你将它们与那些你永远都不会了解的书页进行较量。"

狂悖露头之处，智慧明示我们界限何在；丑恶现形之处，善行明示我们界限何在；非正义横行之处，正义明示我们界限何在；信仰沦丧之处，信念明示我们界限何在——有如解决了饥渴的人明白其与未解决饥渴的人之间界限何在。

拉法德拉比曾给他的老师法希姆拉比写信说："没有白影的白便是造物主。"法希姆拉比回信说："造物主了解怀疑、焦虑和绝望么？——假如我回答：不，我有理由断定造物主并未造人，该当如何？假如我回答：是的，所以造物主并非造物主，又当如何？"他接着写道："别指望造物主会与你身上最好的和最坏的东西相似。造物主高于我们的无意义，他的无意义深植于任何来世。"

他说："在造物主的智慧中，你颂扬的并非造物主，而是在颂扬你自己关于智慧的观念，希望它被所有人认可。

"在造物主的善行中，你歌颂的并非造物主，而是在歌颂你自己从善中获得的启迪，希望与所有人分享。

"在造物主的正义中，你赞美的并非造物主，而是在赞美你自己关于正义的观念，希望将它归功于造物主。

"你把相似性强加给某种令人难堪且无始末的关系，而这种关系不可能存在，呵，夜之黑夜，那只能是匪夷所思的侮辱和暴力，是无法命名的星际之虚空的空虚。"

有人反驳说："那不存在的始终都在背面，它是色彩背后的色彩，声音背后的声音，目光背后的目光。

"白色恐怕就是这种色彩。无限的沉默恐怕就是这种先前的声音。而虚空恐怕就是这只睁开的眼睛。"

他曾经承认："造物主无泪。只有人会为人和造物主垂泪。"

查拉代尔拉比写道："我希望有生之年能在太阳里为自己谋个位置，这样，大地深处潮湿的黑暗不久就会归我统辖。"

每一步都无法回避上一步。

他说："生命之路有如字母'i'，虽然笔直，却永远无法抵达顶上的那个点，但对我们来说，那个点始终清晰可辨。"

五

（哈穆纳拉比写道："我倾向于认为我们的空无与造物主的空无根本就不在同一个级别上。它们之间的关系是一个涵盖另一个的关系。我们必须从这个角度看待这一问题。"

为了阐明他的看法，他又补充道："请想象一下白昼是如何耗尽黑夜的，黑夜又是如何耗尽白昼的。我们永远只能是空无中的空无，圆圈中的圆圈。"）

但如果造物主就是那个最小的圆圈呢？

若如此，书写就意味着让造物主进入我们界限之中的那些我们已进行过局部探索的领域。

招待会或不相宜的场域

——场面很壮观呀！

——是啊，我吞吞吐吐地回答。

和我说话的这位先生和我年纪大致相当。我不记得曾经见过他。

我们这是在哪儿？是谁发起的这次聚会？看来我们俩谁都不知道。

穿制服的男管家笔直地站在门口，从我的位置望过去，他应该是唯一迎接我们的人。

身着晚礼服的男士们、穿着低胸长裙的女士们簇拥而入。有些人手持请柬，大概是担心成为某些显然可能会出现的美丽误会的牺牲品——担心人家认不出自己——也就是说，担心人家认不出自己就是那个受邀出席招待会的人。另一些人则身手矫健地以肘开路，奔向大厅另一端的冷餐台——精美的菜肴和各式饮料诱惑着他们。

——一个双面的场域，我自言自语，却并未为自己的发现找到合理的解释。

也可以说，是一潭浑水。不，是双面，就像有些花朵或者衣料，有正反两面，但图案各异。

这两面默契地耍着两面派。谁骗谁？也许没人受骗。

一个个群体随机形成。现在，我怡然地看着他们喝着，吃着，笑着，一起唱着。然而……

——呵，怎么像个暗示……

——什么暗示？

——可能是瞎操心吧，我有一种戏中戏的预感，觉得我们就像戏中懵懂无知的演员。在这些人、这些声音、这个布景背面……

——背面，背面什么也没有呵。您是不是想起了塔西佗 [①] 的那句名言："他们神殿的奥秘在于空空如也。"

*

——我记不得了，我们见过面么？

那位刚才走到我面前、和我同岁——或年纪相当——的先生又开口了。

——我看您眼熟。您很像我时常走动的一位熟人。

此地为何令我如此着迷？我可能说过——我怎么会突然想起这个地方来？——它好像是过去的一座犹太会堂，被挪作他用，被玷污了，它是我童年时的那座犹太会堂。

激动中，我身不由己地开始寻找用珍贵布料制作的帷幔，寻找上面绣制的宗教符号，在帷幔背面离地几步远的地方寻找约柜。

---

① 塔西佗（Tacite，约 55—120），古罗马历史学家。

我在雕饰精美的木箱或丝绒箱里寻找珍贵的经卷，信徒们曾满怀虔诚和爱悦之心恭敬地亲吻这些经卷箱——《摩西五经》不就是以色列的新娘么？

我寻找七枝烛台①那盏长明灯。

我寻找通往走廊的暗梯，那儿曾是女人们的冥想之所。

我寻找涂蜡长凳和长凳上方的一排排独立搁板——无边帽、丝披巾和那本书曾在那上面摆放得井井有条。

我寻找读经台，曾经打老远就能看到《摩西五经》摆在上面。在亲如手足的自律中，会众们在祭司白皙的手中捏着的一只银制小手的移动和指点下，逐字逐句地诵唱《摩西五经》。

我寻找中央水晶大吊灯，它曾经闪耀出万道光芒，仿佛古老记忆中碎断的话语。我寻找从波斯和土耳其舶来的地毯……

我想起来了。这儿，过去，我全家都在此祈祷。这怎么可能？

前面有位女士好像说了什么，惹恼了周围的人。她似乎搞不懂为什么大家都突然不理她了，她看着我，笑了起来，竭力表现出自己还蛮放松。

---

① 七枝烛台（le candélabre à sept branches），犹太教的徽号和以色列国国徽的中心图案。七枝烛台原为犹太教的圣器，放置于耶路撒冷圣殿。据《旧约·出埃及记》第三十七章记载，该烛台系由以色列著名工匠艺人比撒列用黄金制成。七枝灯盏中，中间的一枝略高于两边的六枝，代表安息日，其余六枝代表上帝创世的六天。公元70年，罗马统帅提图斯占领耶路撒冷，洗劫了圣殿的圣器，黄金烛台下落不明。以色列国建立后，认为圣殿烛台能为无家可归、受尽磨难的犹太人带来光明和安慰，并象征和解及光复的希望，是犹太人敬爱上帝的庄严所在，因而确定将七枝烛台作为国徽的中心图案。国徽呈盾形，以蓝为底色，白色的七枝烛台居于盾面中心，两侧各有一株白色的橄榄枝。

……这座犹太会堂，这座在荒漠中建造的荒漠，回荡着千年回声。

> （……这片荒漠，这座在犹太会堂中建造的犹
> 太会堂，回荡着沙的回声。

> 阿舍尔拉比说过："一把沙子，就是我的祈祷。
> 伸向造物主的手比嘴巴离造物主更近。"）

让我们离去吧。幽灵们，你们难道不是来自世界各地，而我们反倒像是来自乌有之乡么？

*

那是记忆角落里保留的一个场域，是一场不同寻常的聚会，来宾全是匿名的死者。他们以借来的脸和环环相扣的举止，为自己，也为所有人摆脱了空无。

> （西鲁恩拉比写道："在对永恒的渴念中，我相
> 似于死亡，在兄弟们苍白的脸上，我默想死亡。
> "我早已因我生命之前的一生而更加苍老。"）

这个场域。这把钥匙，呵，时间之锁！
我们是死亡的座上宾。

瓦迪什拉比写道:"有时,我们的目光如此空洞,以至于那本书的字母逐渐渗入进去,配合着只有它们自己才知道的某段乐曲,远离一切专制的话语,像随机在一条小径上即兴地赤裸起舞一样,在天上跳起神秘的舞蹈。"

在我们的圣殿背面,有一本书,有一位无形的造物主,他的劝诫之名在字词中遍传,直至字词的音节解体。

因此,借着那享有不可企及的绝顶之沉默的四个字母,我们变为虚无的子民,变为虚无清澈的壮丽①。

……虚无的子民,世界就是从这个完好无损的虚无中营造出来的。被营造出来的还有石头上的石头,蜂巢上的蜂巢,天空上的天空,虚无上的虚无。

(阿迈尔拉比说过:"八方四面,沉默如斯。此乃虚空支离破碎的在场!造物主在此。我感觉到了。"

虚无乃永恒之叹息,无限之即兴告白。)

目光沉没于第一道地平线。

---

① 法语中,"虚无"(Rien)一词由四个字母组成。

招待会或故事的未来

孩子囫囵重复着他未来的词语，似乎为有朝一日能理解它们。

在此，重复便是语言的见习期。

孩子在时间之外说着话，为他有朝一日终将能够说话做准备，这就是说，在他人的话语中听到自己的话语。

故事口耳相传，每次都不太一样。每次讲述的时候又变成了一个新的故事。

假如《问题之书》中有关萨拉和于凯尔被捕的那三段相互矛盾的情节都有权存在，那不就是事实在已预见到胜利时违心承认失败了么？

复述的事情多少都会与最初看到或听到的场景相似——复述时通常总会丢掉一些情节而非增加一些情节。但我们怎么解释这个具体的案例：一位目击者笔下描述的场景竟截然不同？

也许我们更看重那讲述的过程而非那故事的缘起，讲述的过程比任何有约束力的真实——因为故事并非总是真相——更吸引我们，比它本身改头换面的翻新更吸引我们，比一个更好的未来的判断更吸引我们。

信

先生：

我刚刚买到您的书——《相似之书》——它将我又带回到了若干年以前。

我首先要确认萨拉和于凯尔被捕一事，其发生的过程确实如您所述，因为我就是那个匿名的目击者。但被捕的究竟是不是他们，这一点我无法证实，尤其我是通过您的讲述认出他们的，所以我就更没把握了。您的眼睛当时从他俩中的一个看向另一个，您的嘴唇在颤抖。

离开法国去美国之前——大概是1950年，或稍早稍晚些，我怎么能知道呢？您从未在意注明这一点——我曾自发地给您写过一封信，很高兴又能在您的作品中读到这封信的片段。

我是怎么生活的？——像个异乡人，没错。还有必要去了解我生活中的细节么？我只有通过您才能存在，而我渴望存在。我渴望过去和未来，这一切都掌握在您的手里。您虽憎恶强权，却被赋予了至高无上的权力供您随心所欲地行使。这权力让您创造出我，让我活下去，又把我杀掉，或者像现在这样，把我忘掉，这更残酷。

难道我注定永远是那同一个人，是那个在恐怖的一小时里无能为力的旁观者，那个令我作呕的人么？难道直至时间终结，我都是那个压抑着反抗情绪、压抑着心灵和精神中愤愤不平的憎恶、从肚子和嘴巴里向外呕吐的人么？若如此，就请您发发善心，撕掉有关我的那一页吧，因为我再也不能因一个难泯的形象而独自蒙受一个世纪以来的所有羞耻与不幸。当时我只是个少年。可如今我又是谁呢？

如果我能写信给您，是因为您希望我这样做，是因为您突然指望我能给您帮个忙。或许只是简单地想让我写封信，或者——谁知道呢？——您又为我安排了一个新的命运。我如今该有五十岁了。您还能指望我什么呢？从今往后，我首先要有我自己生活的权利，这就是我的要求。所以，我们相遇以后我都做过些什么，说过些什么，想过些什么？我在哪儿生活，怎样生活，和谁生活，为了什么？我都需要您能不断更新。但您所说的书的死亡可能就是我们自己的死亡。因此我可能早已不存在，我不过是在用我死去的双眼又瞥了一下我的生命。一瞬间，那永恒的一瞬间。

话虽如此，我不是不知道未来之书正以其藏匿在书中为我们遮风避雨的空白页而期待自己的字词莅临。但愿其中首个字词便是一个名字，是我拜托您的那个名字，我将会因为这个名字而真正死去。

不容置疑的有关颠覆的小册子

甚至对颠覆本身进行颠覆。

……这种智胜的感受力，感受力的智胜，多亏了它们，我们才能通过直觉洞察到我们所理解的一切，并似乎提前分享给了我们的感官。

没有思想是不带躯壳的。我们言说之所，我们缄默之地，我的躯壳便是我思想的躯壳。

苏里拉比写过："呵！伤口通常比我们想象的要深得多，向来都无法看得真切。"

且以诘问的方式，言说他人的语言。

房门、屋顶、墙壁是一个洞穴。我们只拥有这个洞穴，漂泊、相爱、死去。

本质上讲，答案与问题之间的关系是一种权力归属的关系，因此也是一种政治关系：是专制的主人与奋争的奴隶之间的关系。

权威的语言面对的是一个佯装出来的非权威语言，为的是从根子上削弱这种权威。

我们可以为答案矗立起一座大理石丰碑，可有谁想过为问题树碑立传呢？

石碑的基座是沙。

历来只有问题而非答案能使建筑物熊熊燃烧。

真理始终将自己定义为某种界限——真理本身就是终结；谎言则像所有终结的某种掩饰——规避界限。

从待言到言毕，真理之路最短，而谎言之路最长。

他说："真理之特征，在于其字词精当而高效。而谎言之特征，则为括号中拐弯抹角、曲尽虚夸的废话。"

有人问他:"那漂泊算是谎言么?"

"漂泊或许意味着某个正自我求索的真理,为了真理,它希望在最终安顿下来以前走遍书的四面八方。句号,虚空命中注定的那个点,我们的目光来此自我了断。于是我们更加明白了,正如人所言:造物主若想现身,便显现为一个点。"

谎言没有到期日。谎言滋生谎言。真理以真实攻击对手。它或者奏凯而归,或者身死沙场。

他说:"何谓真理,若不是令人眼花缭乱的谎言,便是卵石中的钻石么?"

通往造物主之途铺满钻石。

   (收获遗忘犹如收获死亡,殊不知一切收获都是献给空无的觐见礼。

   阿里亚斯拉比说过:"主呵,你拿走了我的一切。但胜利属于我。如今能拿走的只有我的生命,但它属于你。"

   阿希尔拉比说:"造物主钟情那创造者。在此,他认出了自己,因为此人每日所失多于他人。")

门之一

阿卡尔拉比写道:"你从同一扇门入,又从同一扇门出。这就是我们所说的生与死么?"

阿克拉姆拉比说:"昨晚进来的时候,我发现大门紧闭。造物主自己拿着我的钥匙。他会让我在门槛上等待多少个日夜呵?"

盲者无门。

他说:"你是否明白,你穿行大门时穿行的是你的灵魂和躯体,因为所有的门都在我们内心。

"生命每一次都会奉献出一点点血。"

于凯尔写道:"呵,萨拉,我们拍打的始终是向生命关闭的门。"

他说:"外在的思想和内在的思想通过一扇闭锁的门交流。它们听得出对方的声音。死亡会摧毁这扇门。"

有人回答他说："这扇门正是死亡，除非一道分界线隔开生命与生命，除非死亡划定这道分界线，否则你如何解释一个思想是外在的还是内在的呢？"

提问若无激情，答复则无底气。

"你的答案是什么？"阿莱伯拉比问道，"从你的答案我便能得知从哪一刻起我该问下一个问题了。"

雅埃尔说过："但愿这扇门是一团火。这样，我的身体就会像我吃过亏的灵魂一样，懂得将火挪开一些距离再跨过去。"

任何问题都首先是一个火的问题。

没有受到追问的便没有灵魂。

门之二：躲避的回答

你们向我提出了问题。我若作答，答案一经说出便即无效。其实，即便再简单不过的问题，答案也未必尽如人意。比如人家问：您身体好么？我若回答：很好，我便是自欺欺人。因为下一分钟我可能就会死。我不得不思考这个问题并回过头来自问，因为答案与确信相关，而我们对任何问题都不可能有十足的把握。所有答案实际上都引发出自己的问题。比如说这扇门。如果有人问我：这是一扇门么？我当然回答：是的。可是，它与一座被摧毁的城市中的那些孤零零的门之间有何关系？与它所在的或曾经所在的位置之间有何关系？或者，还有，它与门静脉[①]之间又有何关系？

此外，如果门起不到门的作用，比如说被封死了或永远敞着，我们还能称其为门么？

另一方面，如果一个词语以数典忘祖、六亲不认的方式表明其无归属，如果它只是因为在纸页上或传闻中占据了一席之地而成为字母或声

---

① 门静脉（la veine porte），由腹腔的胰、脾等器官的毛细血管逐级汇集而成，是肝脏血液的主要来源。

音的集合体，这些集合体就会使他成为一个哈萨克人，即成为一个已和自己的部落分离而被其部落驱逐的异乡人，这不正是要求我们得着力解释它对字母的依赖，就像灵魂可能会希望了解自己的躯体一样么？而且这个例子不正是要求我们得着力解释它对其他字母组合和声音组合的忠诚么？这些字母和声音的组合，其每一个都很可能形成一个特立独行的字词。是不是有人怀疑究竟有多少词语附属于某个特定的词语？不是去推敲那些词语的含义或其引申的意义，而是通过其五官感觉：听觉敏锐无比；视觉一刺中的；味觉对墨水和流动的色彩轻车熟路；嗅觉精微；而触觉更是真实的迷人虚空中所有重大冒险的前奏。躯体趋向躯体，一如孤独趋向孤独，而灵魂也许就是其迫切的欲望，是隐形的连字符，是字词与字词之间、字母与字母之间、生命与死亡之间、伤口与赞叹之间的空格。

"孤独的人拥抱宇宙。"在我找到的一个旧笔记本中，有一位不知其名的拉比曾经这样写道。

漂泊之书只是一部漂泊的词语之书。漂泊由暴力界定。

这位拉比还写道："唯有无归属的造物才懂得神圣的漂泊，因为他甚至对自己的漂泊都很陌生。"

问题明了，自然就需要答复确切。不过确切往往意味着简化，而我们是无法将一个词语简化为一个词语的。

叛逆的字词所炫耀的无归属的历史是世界排斥世界的历史，同时也是并入一个转变了方向的、与未来分道扬镳的宇宙的历史。

（我早晚会解释词语的归属如何变成了词语的无归属，或不如说，这个无归属如何变成了归属：我的犹太人之旅。

——您有犹太人的属性么？

——我还一直会是犹太人么？就像虚空折磨着虚空么？）

是以缄默的方式言说更多？还是以缄默的方式引发动荡——我们在言说的中心不是一直小心翼翼地平息这种动荡么？是让词语藏匿起相似的明镜，还是相反，任由词语挥舞起这面明镜，直至因影像太饱满而炸裂，因含义的多样化而炸裂，因操纵破碎又重组的各种形状的反射而炸裂？是接受自我在作品中的消失，还是力图自救？是把自我打造为坚韧的字词以迎击书，还是刁难字词，把书踩在脚下？这就是书写的差异。此种差异，便是距离的法则。

（眼睛见证其所见。

证据的核心里，有虚空存焉①。

[上帝] 在这个 [词] 里是虚空。

---

① 这是雅贝斯的一个文字游戏：他将"évidence"（证据）一词拆解为"est vide en ce"（在这个……里是虚空），故他在后面说"（上帝）在这个（词）里是虚空 /（我）在这个（词）里是虚空"。

[我] 在这个 [词] 里是虚空。

证据损害确定性。)

我是个作家。文本是我的沉默,我的呼号。我的思想借字词辅佐而行,为一种节奏即已写就的字词的节奏所驱动。一旦这种节奏被打乱,我便会趴下。

(我会牢牢记住你们的问题。我会将其搁置。围绕着问题总会一波未平一波又起。写书时我必须从一个问题滑向另一个问题。它们是所有这些问题的总和,是针对提问的提问,没有答案会中止这一提问,如此往复直至死亡,而死亡的问题从来就是一个有待提问的问题。)

对我而言,体验荒漠至为关键。天与沙之间,一切与虚无之间,问题在燃烧。虽然燃烧,却不会被吞没。虚空中,它为自己而燃烧。体验荒漠又是一种聆听,是一种极致的聆听。那种沉默在他处是绝对不可能听到的,那是一种真正严峻而又痛苦、甚至连心跳都要苛责的沉默。又比如说,当我们躺在沙子上,立刻就会有一种奇怪的声音引起我们的注意:那声音听上去像是人或动物在行走,每一瞬间它都在靠近或远去,或似乎又在远方出现,在追随着自己的路。如果方位正确,一段漫长的等待之后,听觉又会告诉我们那人或兽已出现在地平线上。一个游牧者仅凭耳朵就能明辨这个"活物"于未形,因为荒漠是其天然的栖息地。

我就像荒漠中的游牧者，尝试着勾勒出纸页空白的疆域，并将其作为我自己真正的场域，就像数千年来犹太人尝试着在书的荒漠中勾勒出自己的疆域一样。这片荒漠上，无论世俗或宗教的话语，无论人或神的话语，都会遭逢沉默，目的是将自身化为字词：此即造物主沉默的表达和人最终的表达。

荒漠比沉默和聆听的习惯含义要深得多。它是永恒的开放，是作家以其职责所捍卫的所有书写的开放。

所有开放的开放。

（我不会回避你们的问题。我正在潜心研究。这样做的时候，我发现绝无回避的高招，只有一份隐约成形的答案。）

就我回忆所及和能确认的，我相信问题的源头与我幼时和青少年时期犯下的拼写错误有关，日后这个问题愈发严重。我始终不明白为什么抄写一个词语时，只要稍稍走样，哪怕增减一个字母，它就立刻面目全非了。我也不明白为什么老师会如此躁怒地用红墨水在我本子上打叉，并且随意行使惩罚我的权利，起因无非是我创造了那个错字。

因此，词语只有在正确的书写中才能存在，就像某个人——谁呢？造物主么？也许——选择并命令我们这样拼写。除非这个所谓的"写法"是字母的阴谋？字母对人如何能坐拥这种订立规则的权力？其中有什么秘密？有时我也想，我如果能我行我素地拼写出一个词语，我便可以独自与它生活，独自去爱它——我们所能创造的也就是些爱情词语。在博爱的冲动中，我居然梦想为某个秘密社团创造出一种新的语言。在那些我斗胆创造出的字词中，我既感到自由，也感到沦为了该自由的奴隶。

[一位愁苦的学者对一位拉比说："我们就是因为 JUIF（犹太人）这个词而受到迫害的。

"假如 JUIF 突然被写成 JUYFFE 或 JOUYFFE，或许我们就能幸免。"

这位拉比回答他说："那我们就会受到双重的迫害——既会因为与这个词语的盟友关系而受到迫害，也会因为这个词语的狂悖而受到迫害。造物主删除了圣名就是为了让那个名字永远不能删除我们。"他接着说道："在这个词的恒定中驻守着我们的恒定，守护它的正是镌刻在那四个神圣字母无限缺席中的那四个字母。"]

我不知道弥赛亚降临的观念能否改变世界——或毁灭世界，无论如何，改变在所难免——不知道对信徒而言，该观念是希望之源还是恐惧之源。对我来说，它就是某个伟大作家的理念。因为我们在面对一个文本时，如果没有变化，我们何以调适呢？如果没有不可预见的变化——我们应该感谢这种变化的残酷——我们又能接触到什么呢？弥赛亚同样是一个字词。

使命中，我们犹如信徒，既有无尽的希望加身，又被难言的恐惧震撼。曾有位作家在书旁自尽。若不是作家，他绝不可能为了一句话语而殒命。我认为这是值得玩味的。

书依旧是个谜，也是一位不知疲倦的谜的破译者。生与死都直面自身的形象，而这个形象便是一个字母。因此我们在构思一个词语之时，总会因大胆的问题而死去活来。因为写作的本质是拒绝所有答案，也就是说，写作的本质便是向问题提出的问题。

就是在对这一问题的日常关注中，在它不断划出的一格一格的刻痕中，我的书才得以被不断地书写出来。

我在书的形成过程中充当了什么角色？我屡遭书的排斥，甚至难以宣称我曾创作过它们。但我至少曾经孕育过它们。出现在这些作品中的众多人物饱受需求的折磨，他们在扩大传播范围的同时，允许后者自由绽放，并允许问题融入前一个问题所开放的空间。一部矛盾之书庶几便是一部被矛盾撕裂的确凿之书，但思想难道有什么不同么？思想是什么？它无非是在表达已经掌控了的矛盾——使用的是若干受到死亡威胁的句子，或甚至是死亡本身在披挂了甲胄的短语中赤膊上阵。思考中，我们只能借道死亡的冥冥之路去追寻死亡，并在可能的情况下照亮这些道路，但到头来也只能是在成功抵近死亡时发现它神秘而缺席的脸。

万物皆因经受思考而死。所有思想都在追问死亡，并被死亡所追问。于是，构设造物主之死可能意味着抨击众多思想中的那个思想——它不会独自死去，而是在它冒称的死亡的思想中，使死亡变作永生。因此，"上帝死了"这句话只能这样去理解：在造物主之死的构思中，造物主即是死亡。他便是造物主之死这一不可抗拒之问题中的所有沉沦的思想，他生存于无我之中。

（我不会放弃你们的问题。我为问题注入活力。我行使的权力只是不让问题终结。但它终会消亡，在最好的情形下，它会被持续地钉在空无上，因为它激发出的总是不断的迂回。）

我始终不了解人们所说的富于想象力的作品是什么。如同我以前在笔记中所写的那样，书写和想象不共戴天。在字词拥有权力之处，书写或许只能意味着将这种权力置于可靠的、久经考验的基础之上。书写绝非为了分享字词的权力——或掩饰这种权力的缺失——而是为了确保字词能组织起来。随后，一切都展现在光天化日之下。一切都有序进行，随时准备一声令下便春色满园。因此，书不可能被规矩和束缚所困扰。书写之眼极目远眺之处，只有广袤和引人入胜的地平面。

我作品中那些出场的人物就像书的注释者，他们来自各个世纪。所以我的书既在他们的年代之外展开，又没有离开过他们的年代。在跨越的边界上——那之上再无边界——一轮红日高照，那是一个问号，那问号抢眼的上半部分已不知所终，只剩下了一个点，一个有着晕眩意义的点：一个其终结性远在本书之外的点。

流浪者的书写。流浪者的书。

如今我领悟到写一本书意味着什么了么？我感觉自己无法自拔，就像过去曾一头冲进沙漠一样。当时，从沙漠回城的路上，我有一个清晰的印象：我刚刚从遗忘中回归。

或许，写一本书的意义就在于此：获得遗忘。

（麦锡赫拉比在给爱徒的信中写道："我们甚是
可怜。我们从书中遗传了疯狂，对我们而言，那可
是绝症。"）

屋顶之一

于凯尔在给萨拉的信中曾经写道："不幸正是在我们人生的顶点上击中了我们。你想想，就像是峰顶在报复登山者的勇气。

"可我们的爱却是简单的——像一张便笺、一朵野花，像一个简单的动词时态——简单得有如婴儿口吮妈妈的乳汁。唉！它又简单得像宣判我们的话语，像人们掠过我们顾望他处的冷漠眼神，像往往令人费解的真实。

"真实令我们窒息。呵，萨拉，对我们来说，这种窒息一直在逼我们就范。

"还记得么？有一次我俩爬上了一座半塌的房子屋顶。就在塞文山脉的一处小村落，战前不久的光景。我们饱览四周景色。我们站在那儿，你紧紧攥着我的手，对我说出了这几个词：我们活在爱的心中。"

阿里亚斯拉比在给一个门徒的信中写道："我们的真实只是想摆脱我们范围内无益的真实，就像要脱下衣服才能下海畅游一样。

"你我赤裸，有如创世首日。"

他又接着写道："来自造物主的真实至高无上，但到哪一个点上我们方知它已属于我们了呢？利奥德拉比不是这样写过么：我们与造物主之间的关系可能只是我们自己之间的关系，是灵魂与远古灵魂之间的关系。"

你说："真实是记忆深处某个屡遭伤害之真实的执着回声，如今它已然是我们的伤痛。"

你还说："真实并不存在。就像我们即便沐浴于爱的光照，却依然全不察觉这是爱的光照，只是想当然地以为这不过是暖和的认知而已。"

你又说道："我们的痛苦不过是存在的痛苦，它期待某种永久结合的幸福，殊不知这结合的对象是不受约束的，其深渊我们避之犹恐不及。我们的结合早已见识过这种晕眩。"

"呵，萨拉，什么时候我们才能化为某种无望之真实的虚空，才能以我们自己的真实否定它并与之较量呢？

"为一页因生命损毁了名誉的纸，每个瞬间都是一场殊死的搏斗。"

屋顶之二

（我们生于真实，死于真实，因为我们的生与死并非一无所求，而是为了从一切和虚无中升华出某种观念。

有些人言说真实时承认自己知道其实是在撒谎，而其他人——大多数人——却宣称不知道自己在撒谎。无论如何，处于危险中的不是他们，而是真实本身。

我们的书写或明亮或黯淡，或发光或晦暗。
白昼与黑夜分享世界的同一种命运，
同一种墨水。

不说真话未必就是撒谎。我们有时会真诚地撒谎，因为我们不辨真假，缺乏参照，此外心中还存有谦仁恭让。真实与这种天真言行是可以共处的。

真实没有面孔。任何一张脸都凑得上去，但真实一概拒绝。但真实却总以熟悉的五官上前与我们搭讪：证据的相貌。

其实，真实是个达成无望的任务。

证据，表象之敌，为盟友留存虚空。

对真实而言，难道深渊就是我们所能瞥见的全部么？）

真实一旦付诸纸页，充其量只是一个字词，与撕扯它的证据和反证搏斗。很久以前，至少从第一批文本起，我就警惕着它的弱点，就像为所爱之人的轻率举动担惊受怕，因为真实那虚幻的、视情而定的至高权力是极度脆弱的，而它却主宰着书的命运。

苏埃德拉比写过："违心参与一场伤及自身的游戏时，真实既让他人流血，自己也遍体鳞伤，因为所有真实既让自身痛苦也让别人痛苦。人和世界被真实伤害后展现出的伤口是相同的。"

真实自身不能传播，非撕抢而不可得。它是所有问题争夺的对象，是要素也是赌注。

扎亚德拉比写道："愿你的问题成为真实，因为若无真实便再无问题，而没有问题，还有什么真实能让我们信服？"

*

真实均为自身所背负的真实所伤，如果实伤树，新生儿伤母。
果实同样让人流血，如新生儿出生于同一个人为的剪断。

萨卡尔拉比写道："靠近真实须手持刀剪。"安道卜拉比则说："如今，我的真实就是我流血的膀胱。"

（"真实一直都是我的毁灭之源，"一位拉比对自己的门徒承认，"是我的屋顶无可避免的崩塌。
"但我对真实激情依旧。"

死亡没有问题，死亡的问题只是问题的死亡。

没有字词能传播真实。字词死于真实。

真实用每个句子抹去书中的书，因为在这一偏狭、傲慢的阶段，真实之外再无相似的真实可言。）

墙之一：问题

问题的固执赛过墙壁。

扎亚德拉比曾经写道："我在哪堵墙脚下失去了理智？又在哪堵墙脚下恢复了理智？看来，我所拥有的全部地平线不过是一堵墙。"

*

他说："问题像一颗切割过的钻石，破晓时分，它的上千个雕琢面同时向我们发起进攻；而我们必须面对每一个抛面。"

对异乡人是问题。对本地人是答案。

古瓦雷拉比曾在笔记中这样写道："提问，意味着没有归属，意味着提问时置身事外，在线的彼端。"

哈希姆拉比给他写信说："我曾把问题变成我的生命。我难道还不是个犹太人么？"

古瓦雷拉比回信说："我指的就是那条中间的线：它置身于联系内，将联系一分两段。"

*

有位我很熟悉其思想的拉比曾这样写道："我写：造物主。我就成了造物主一词。我写：谁是造物主？我就成了：谁。"

他说："别听信那个对每件事都说得头头是道的人。他错了。你得去查查看，你的真实就摆在那儿，只不过你不愿接受罢了。"

有一种挑战的力量，因其过度关注挑战本身而使自己变成了可怜的牺牲品。

这种挑战的力量是从不以力量的面目而是以力量之死敌的面目出现的，它毫不迟延地篡取权力，并从问题中汲取摧毁自我的力量。

他说："无疑，掌控答案的人手中也握有权力。这是否会使问题成为非权力，成为权力的否定形式？而且这个刚强有力的非权力，其打击会不会很可怕？

"问题挖着答案的墙脚。"

问题的无能是否仅仅在于它想顽强地存在下去，它的挫折是否缘于我们的无能，仿佛这种无能会当仁不让地成为它的救赎？

问题的救赎就是人的救赎。

问题的无能藐视一切权威，它知道那不过是某种愚蠢的无能唬人的权威。

造物主因我们的无能而死，因我们的诘问而死，而我们的诘问无非是我们无能的能力无法回避的提问。

死亡将造物主还给造物主，而人把自己悲剧般的生存自由还给死亡。

提问，意味着把耳朵、眼睛、大脑、手、心和声音都赋予问题的对象。一句话，就是把有尊严的生活托付给它，这种生活无论幸福或痛苦，都是充裕的。

……宇宙因这种充裕而充裕。

墙之二：嘴巴，声音，权力

在此，权力可能只是一种获取手段，给我们提供某种大胆而富于蛊惑力的非权力。

此时，声音成为大胆话语迈向沉默话语的通道，沉默话语不动声色地占了上风，而书精心保管的也正是这沉默话语，我们不知道它会把我们改变到何种地步。这声音承载着剧烈且几乎不为察觉的变化，作家被卷入其中，为时间所逼迫，为绝对概念——权力的另一种更为傲慢的形式——所裹胁。

于是，书写行为就好似神圣的举动，将人之权力拱手付诸书之话语，相当于将词语祭献给它缺席的权力，只让词语以其当下的、不合时宜的方式表现自己。

我们生于并死于这一永恒的、从不迁延的权力。为了获得这一权力，我们求助于自身的创新力——无论是敌是友——而字词在其中起着中心和枢纽的作用。但我们依旧会为自己代言，就算我们一无所有，就算我们只能见证权力的消失——带着它的醉意，带着它的绝望。

嘴在，只为证明死亡；手在，只为将嘴埋葬。

（书写时，我们就是与一部分死亡搏斗，就像我们只是与一部分黑暗搏斗。

因此，书写意味着在死亡昙花一现的完整性中对抗死亡，但每次都只让我们自己与死亡的众多瞬间之一进行较量。

这种考验超出了我们的实力，它引导着我们以死亡的写作进行书写，并让我们自己被这种死亡的写作所书写。）

场域：场域，非场域，其他场域

没有一个场域不是另一个场域的反射。我们就是要发现这种反射的
场域。它是场域中的场域。

我在场域的指使下写作。

若我在工厂或地铁墙壁上写下"天空在此"，这句话会是什么意思？

每句话都会有自己的场域么？书是所有这些场域的总和么？

一个其自身便是众多场域的场域是怎么回事？

书可能是所有场域的丧失，是已丧失之场域的非场域。

一个如非起源、非在场、非知、虚空、空白的非场域。

……但群星、月亮、太阳又会如何？词语又会如何？

没有什么可约束它们。它们为自身所约束。

约束我们的是场域的书写。

期　限

　　萨拉在给于凯尔的信中写道："我是在我出生前死去的还是在我死后出生的？我失去了往昔的记忆，再也不清楚时间——凡人伤痛的无尽时间——吞噬的到底是我死去的时间还是我生命的瞬间。

　　"生命没有延续的时间概念。一切只能在死亡中延续。"

　　"……萨拉，只有这一死亡才可能是我们的生命，它早晚会追赶上来，而我们会继续追问，就像人们之所以关注未来，不仅是想知道自己会变得怎样，更想知道在一句话语、一次拥抱、一场分别那种满足或失落之后还能剩下什么。"

——于凯尔的日记

*

　　塔尔玛拉比说："这是白昼么？是黑夜么？我应该如何辨识？

　　"我思愚钝若此，片刻中我不辨永恒，永恒中也不辨片刻。"

他又说道："神圣之绝望的第一个举动，首当其冲便是打翻那取之不尽、用之不竭的墨水盒。我们的宇宙墨黑一片，我们的星辰尽溺其中。

"造物主放弃了书写。"

他说："永恒既不是某个永恒的瞬间，也不是无数世纪的总和。它是时间的否定形式，所以是时间的死亡。"

阿尤布拉比写道："造物主透过人凝望造物主。永恒可能就是那缺席的一瞥。

"探入虚空的双眼，我借造物主之眼凝视空无。"

躯　体

一

　　石头说："难道是因为我的躯体、我的伤口，因为我是那个无法逃脱的暴力的受害人，我才能滚动么？"

　　犹太人说："我像石头一样被人踢来踢去，被打得遍体鳞伤，这无边无际、无缘无故的暴力难道不是造成我漂泊的罪魁祸首么？"

比苦难还要沉重的是我们的脚步。

谢尔基拉比问道："山体移动是怎么回事？你会说那是一个世界在预定的时间里消逝。

"其中那些化为齑粉、比我们一双脚还轻的，是地震后的石头。"

菲纳拉比说："它们在我们心中缀上了一颗星，为的是占据我们的晴夜，因为它们内心深知，我们尽管惨遭其滥用之权力的蹂躏，但仍如天空一样透明而宽广，永远不可能被征服。"

"你离开了我们，在你眼睛的深处，是你欢乐和泪水的故土。

"所以，因为有了你，大地才得以让那些迁徙的人经受历练。

"或许有必要让世界在某一天把自己提升到绝望的高度。"

二

让躯体言说。让肺腑言说。让骨髓和骨头言说，直至枯竭，直至终止。

以冗余的思想和词语去毁灭思想和字词。

沉沦于不生不死、唯有虚空之处，那是无限的虚空，生与死都无法承受。

三

"永远不要说你已经抵达。因为无论身处何方，你都是途中旅人。"

——拉米拉比

四

被所有那些世界拒之门外以后，哪个世界将会属于我们？我们的躯体真是累赘。

五

呵，萨拉，我们曾彼此拥有一个躯体，直到它变成一道鲜血淋漓的伤口。那是爱抚与爱之躯——由狂喜与不安两部分组成。

我们和众多兄弟一起，用溃烂的伤口、用余烟蒸腾的灰烬和伤口掩埋起大地赤裸的胸膛，却没有一片草叶、一棵树、一条道路为我们作证。

——白昼或许作了证。当白昼听到我们变得昏暗的名字呼唤时，赧颜蒙住了自己的脸。

六

一具死去的年轻俊美的躯体是什么？一具活着的年老枯干的躯体又是什么？

没有躯体不带着悔恨。

七

除却躯体，还有什么能够杀人又被屠戮？

除却躯体，死亡一概不识。

八

所有道路从躯体开始，又引导我们回归躯体。

躯体就是道路。

九

死亡是道路之敌。

十

穷途末路之余，不见了造物主之躯。

阳光普照宇宙。你在哪儿都找不到循环的踪迹，在此，甚至一个点都失去了意义。

文本的空白。

书或诞生的四个时段

一

（他在说着这样一件荒唐事，即我们名字的每个字母都是我们生命的某个阶段，还说如果死亡日夜烦扰我们，原因就是那最后一个字母，这字母像其他字母一样，都是我们亲手画出来的，并以其孤零零的能见度令我们目眩神驰。

他还说过这样一件事，即他名字的最后一个字母是不发音的，这就像确认该字母虽然活着，却是一个死字母。

他又说：这个死字母有时会从一个名字中剔除那些有生命力的字母。

被赋予生命的时段里，它在沉默中反抗着属于其自身时间的永恒。）

二

若生命是个传说，死亡亦如此。

但死亡早于生命到达。

于是，就有了先于传说的传说，一个正在自我书写的传说中的传说——书写过程中还有可能改写。

除非我们将同时生活在这两个传说中，合二为一：我们死亡之生命的传说同时就是我们生命之死亡的传说。

有一位哲人——我是引用他话语的唯一一人——曾对他年轻的门徒说："在我的书的左页，你会读到我生命的故事。在书的右页，你会读到我死亡的故事。但愿你能将我死亡的故事化作你生命的故事。那样，你就能重新打开这本书。"

三

（卡亚特拉比说过："火苗再小，也始终心存燎原之志。"

布特里拉比写道："有时我觉得自己并未出生，

我的过去和未来似乎已和死亡搅成一团。"

达布斯拉比大声说:"从我眼睛上揭下眼罩吧,
那样我就能分辨出生与死的区别。"

萨夫拉拉比说道:"有如鸟儿躲进巢中,生命
的一切都在眼睛里避难。"

于凯尔曾经写道:"呵,萨拉,你在我唇上的
名字是最甜美的降生。"

"暮色中,他沿墙而行。
"他只是他失去的影子。"

　　　　　　　　　　——扎沙里拉比)

四

"你和你最久远的回忆同龄。"

　　　　　　　　　　——萨班拉比

"睡梦中,你并无年龄。"

　　　　　　　　　　——迈锡赫拉比

假如断言仅仅是一个否定之否定，假如必须以不断否定其所否定的事物来赢得肯定的权利，那么一切提问都必须经历提问引发的答案的系统拒绝。这些答案将成为新一轮诘问的跳板。因此我们如今对书感兴趣的问题，不外乎是对书的不竭质疑，也就是说，是对书写、出生与死亡、真理与谎言、在场与缺席、真实与虚构的不竭质疑，是对在其中被书写并被阅读、对随每页书写之生而生、随每页书写之死而死、对书写之真实或其谎言、对书写之难以确认的在场和无限缺席的不竭质疑。

人会成为一部其即将书写且只能在该书中阅读的书么？似乎书写本身为他提供了这种可能。

我的生活就在书中，而书是我的生命。这是一种在字词身旁利用每个活着的瞬间学会阅读的生活，而字词也乐于争抢我，那都是为了这最奇特的共同冒险。

*

是冒险先于文本，还是文本先于冒险？文本占有并强迫我们从此只能活在其间的是一种什么样的冒险？如今，与其他冒险相比，这种冒险已然成为我们自己的冒险。

书写意味着我们生命中的一道罅隙，通过这道罅隙，生命成为文本。字词是通向未知之路的阶段，心灵在此为自己的勇敢付出代价，未知中少了这份勇敢，我们的思想便已死去，而不是像本来以为的那样要经历最敏感、最折磨人的死亡过程后才会死去。

（一）

我在四月十六日出生，年份已不复记得。这个被记住的日子能否作为我的一个起点——围绕本书开始的既慢且长的徘徊呢？你知道，在岔道徘徊是我的拿手好戏。就像人们引导我们所表达的一切，不论是以人间最困难的还是最轻松的表述方式说出，从一开始就都注定是一种漂泊的方式，我们的表达成了评论家的理想猎物，而我们却对这种专横的理解放松了警惕，因为它是通过一种惯常的方式，含蓄、渐次地呈现出的。字词打开的一个括号，以某种独立的姿态，急于要从总体中拿掉那个填塞物——一旦受其支配，我们不晓得它会随后将我们卷向何方。

凡书中所言，无一不在边缘处被修改、被质疑、被剪切，而且常常是在隐秘之中进行的。凡书中所言，无一不是一个口实，为的是有新的表述，有其他的途径，有深浅不一的关系。于是，试图以全部挚诚书写的任何东西，都意味着试图借已言说的再被言说，借这个已言说所压制的、巧妙地重新组合的以及转化的再被言说。这一已言说本身一经说出，便也因此处于被轮番操纵、利用、释放的境地。这就好比处于自由的状态，确切地说是处于受自由利用的状态一样——这一自由是我们号称拥有的，在其名义下我们宣称自己是自由的。

*

举例来说，假如回到上文"我在四月十六日出生"那句话，在第一个时段里，我就感觉到它已将其否定强加给了我。其实，在《埃里亚》那卷，即《问题之书》第五卷中就可以找到下面这段故实：

> "我是四月十六日在开罗出生的，可我的父亲很粗心，在户籍登记机关给我办理出生证明时说我是那个月的十四号出生的。
>
> "对这个日期上的错误，对这个永远与我暌隔的四十八小时，我是否应该无动于衷呢？给我的生命中增加的这两天只能活在死亡里。
>
> "所以，对书而言，对世上的造物主而言，我存在的初次亮相，便顶着我名字的缺席。"

我不想回顾这种疏忽可能带给我生命的间接影响，但影响无疑已波及我的书——并通过书影响到我与日常生活之间的关系，好似这种日常生活只有在书承担并消耗的部分永恒中才能觅得其权威。我也不想回顾当我父亲准备申报我的出生日期和时辰时，这种疏忽在瞬间带给他的影响。这种疏忽更令人吃惊之处在于，我父亲可能历来就疏于理会这类事情。

再者，我必须承认，人人都有可能犯下此类错误。在那个时代，在那个近东国家——我的家族已在那儿生活数代——是可以用书面形式向当地主管部门申报出生或死亡的，当地主管部门随即会颁发出生证明或死亡证明，而外籍居民则会在其后将该证明提交给各自国家的领事馆。我父亲会不会心里想着十六号，下笔却写成了十四号呢？然而他始终说他是亲自去办理申报的。但依照当时的习俗，他可能是过了若干天甚至是若干个星期后才去申报的，所以我们很容易就能想象到，他极有可能是搞错了，除非工作人员书写有误——或许那天这位工作人员正好很忙或很粗心。所有因素都不能排除。

无论如何，我绝不会将此事视为计算错误，而宁愿将其当作一次意外的警示，此事让我很是焦虑，所以我添加了许多个人的说法，欲将其视为具体的证据来证明潜意识中认为的"我们比自己的生命更年长"这种情况。从这种有担保的虚空和这种时间之外的连署中，《问题之书》汲取了其中的话语并创造出自身的场域：沉默和黑夜的宇宙，它对任何人都不去申领、不去赋值的那个白昼的意味深长的遗忘怀着满腔激情。那是一个逃过了光的谎言的白昼，它在死亡可能使我们没顶的不幸中复活，它讨厌死于一个真相，那只是谎言使的一个绊子，而无论是精微不察的谎言还是肆无忌惮的谎言。其实，所有真相都必须经历谎言，谎言才是真相之本。因此我们大可推断出，真相是通过它宣告废除的谎言而问世的，然则它只是废除了自己作为一个臻于完美之谎言的典范而存在。

真实，亦即出生，它的对立面是真实的死亡。二者俱为虚构的形象，都是叙述中的叙述，有如被生命淘空的生命。我们永远都是说给自己听的故事，是这个故事中的冒险精神。如此喋喋不休的讲述之后，我们还能知道自己是谁么？从所有这些盛情款待我们的字词的叙述中，我们还能知道哪个才真是我们自己的故事么？

无数问题搅动着每一个问题。面对它们的苛求，我们难道总是要让步么？

我们将死于那种诸如浪涛对大海、死亡对死亡提出的无解问题中么？

我们的诘问难道只是想获得能引发更多质疑的答案么？犹太人可以证明，几个世纪以来，他们一直在不停地诘问自身的真实，如今，这种真实已化作颂扬真实的追问。

造物主在死亡的背面言说，在思想的边缘言说。

（二）

在第二个时段里，开头那个无害的句子"我在四月十六日出生"引发了出生的问题，并由此把我们引向有关传记的概念。这个问题我会另谈。但从现在开始我必须强调，由于将近二十年没有露面，我已经不习惯在自己的书里使用代词"我"了。当然还有那些与我同为一体的各种"我"，它们引爆了作为主语代词的"我"、作为宾语代词的"我"和作为主有形容词的"我的"，就像它们引爆了我驻足的那个场域，引爆了我从彼处而来的那个场域和我随即前往的那个场域。所以，如果我的作品中有那么多叙述挤在一起且相互应和，那仅仅是它们命中注定的相遇被注意到的踪迹，是烧焦之踪迹的踪迹，是词语在更为亲近的相识中发现的疤痕，所以又有什么可诧异的呢？因为每个字词在我们自身的培育下都有其历史。又有谁能否认在一些魂牵梦萦的词语——比如在《问题之书》里有"造物主""犹太人""律法""眼睛""名字"和"那本书"这些词语——当中隐含着这样一些含义：造物主，那是深渊至极的名字；犹太人，那是流亡、漂泊、特立独行和离别的形象，也是作家自身的形象；那本书，那是书所具有的不可能性，或毋宁说是书在创作过程中的一切可能性之场域和非场域；眼睛，那是律法："眼睛当中有律法，每道目光中都包含法则"[①]；名字，那是不可妄呼的那个圣名，是所有名字的废止，是造物主那隐形者的沉默的名字——它也可以否定某些我们习用的所谓透明的词汇，而且，通过从容的自我书写，它会不会成为比我们自诩的生活更真实的故事呢？

而且，我们干吗非得执着于编造一个足以乱真的故事呢？——我有一次曾向一位小说家问过这个问题。其实，我们只需诘问一个承载着我们的痛苦、我们的欢乐和我们孤独之明天的词语即可，那是关键性词语中的一个桀骜不驯的词语，我们难道不正是该词语的面纱和面孔、沙子和地平线，好让记忆深处霎时喷涌出若干我们曾经听过、找过、生活过的故事来么？但我可能错了，书写难道不是总要听命于一个始终萦绕在我们心头的词语么？

死亡一词里，掩埋着多少我们认识的、钦敬的、珍爱的、鄙视的和讨厌的死者。爱情一词里，又有多少爱在诠释和丰富着我们的岁月。

---

① 此句引自《问题之书》第六卷《亚埃里》（*Aely*）。法文中，"眼睛"（œil）与"律法"（loi）这两个单词中都包含有 l、o、i（意为"律法"）这三个字母。

使用这些词语的时候，我们难道不是已经在言说自己了么？

这么说来，既然带有我名字的书不过是一本缺席之书的故事变成了我的故事之书，那么每本书都有可能成为一部自传。

书会成为它所占有之书的传记作者，成为它自己的传记作者。

从一个匿名的女人——也可能就是萨拉，于凯尔的恋人——口中得知，于凯尔自己作为这本书的主人公和讲述者，既是血肉的词语，又是墨水的词语，这两类词语相互吸收对方，并一同迷失于生命——在《问题之书》第七卷《·（埃尔，或最后之书）》中，我们可以听到和读到这些出自一个女人口中的句子：

"……écrit（书写），récit（故事）：同一个词语，但字母不动声色地颠倒了顺序。

"一切书写都在和我们分享它们的故事。"①

一个词语在其字母中休眠，它和字母重新组合后产生了另一个词语，随着这个词语被读者所认识，我们打开了通往前面那个被禁读词语的通道。我或许还能解释得更清楚一些：那就是我安身立命之所，是我始终能把握自己的地方，好似这个"始终"只是无限重启之白昼的所有瞬间的总和。可这还是暗示了某个以全部过去和未来之白昼构成的唯一白昼，但情况其实并非如此——虽然我不相信这个永恒的白昼也许不完全是书写的白昼，不完全是白昼里的白昼，总之不完全是所有白昼里的白昼。那白昼的光芒太强烈了，甚至连排列整齐的词语们都眼花缭乱，

① 法文中，"书写"（écrit）与"故事"（récit）这两个词均以五个同样的字母组成，但书写顺序不同。

除了它们自己以外什么都看不见。这就说得更远了。但在一个既未扎根也未终结之地，何谓远？所谓更远，可能就在我身后或身前的某处，在我头上或脚下的某处，也可能在某个确切的地点——为什么不呢？——好让我们面对面地进行一场最终较量？那么，在这场将我们反常地聚拢在一起的离别中，一切都处于成败的危急关头。何以如此？在回答这个问题之前，我想我们必须首先问问自己，何谓离别？离别意味着什么？

一只眼睛与另一只眼睛分离，但双眼目光归一。一只耳朵与另一只耳朵分离，但双耳为同一个声源谐振。一只手与另一只手分离，但双手动作协调一致。一条腿与另一条腿分离，但双腿共同支撑我们前行。

谁能说出话语与嘴巴之间的距离，说出字词与抄写字词的忠诚手指之间的距离？还有，谁能说出一个人与重复其话语的另一个人之间的距离？还有，谁能说出宇宙与拥抱它的宇宙之间的距离？

最后，这个非距离又是怎么回事？难道它摆出了距离的姿态，只是为了废止距离么？

一切从一切中脱离，是为了让我们构想这个一切，如果没有脱离，一切就难以想象。虚无与虚无隔断，是为了让它们有可能互为镜鉴，从而被虚无命名。

生命、作品形成于虚无与虚无的间距中么？离开虚无，离开变为虚无的一切，难道只是为了沉沦于一切的乌有之中么？我们的计划、我们的欲望都在向我们证实着这一点。石头俱为尘埃。全部生命存于一息：那是从空气中偷来的一丝氧气。生命取决于一次心跳，而世界取决于一次眨眼。随着生命的流动，书接替书。

到目前为止，已经说得太远了，距离在此寻求庇护。

[ÉLOIGNEMEMT（远离）、LOINTAIN（远方）这两个词中都有 LOI（律法）一词，"律法"一词也出现在"眼睛"一词里，这一点在上文中已经提到了。

——顺带说一句，当我们使用"参考上文"这类用语去提醒读者参看引文时，是不是应该写成"参考下文"呢？既然我们说"创建一部作品"，但建设工程却只能自下而上，这难道不奇怪么？但我们读书时却是要自上而下的。这就说明，"上"有时就是"下"，反之亦然。如果这一点成立，就让我们重返其实从未离开过的文本吧。

眼睛之中有律法。距离是眼睛的范畴，亦即律法的广袤地域。眼睛屈从和利用律法。眼睛塑造律法，律法塑造眼睛。随着这一难以调和的律法的最后一次显现，眼睛也将熄灭，同时熄灭的还有所有死于自身不妥协的一切。

LOI（律法）一词同样存在于 PLOIE（服从）、DÉPLOIE（展示）和 EMPLOIE（雇用）这几个词语当中。它支配着那些雇用和展示之物，所有这一切在这个或那个时刻都服从着严峻的律法。文本服从律法。有些词语告诉我们说：那些轻率、饶舌的词语哪怕在自说自话前也必定高呼律法。伴随着最后一个字词，文本的律法从实践的最深处浮现——我们难道不会身不由己地去步其后尘么？——同样，步入一个美妙清晨的预感使一个漫漫长夜中笔不离手的作家兴奋，而那预感只有在 SOLEIL（太阳）一词的曙光来临、在 SOLEIL-LOI（太阳之律法）显现的时候才能证实，因为我们毫不怀疑，在某种神秘的秩序里，SOLEIL（太阳）一词中就包含有 ŒIL（眼睛）和 LOI（律法）这两个词，就像长着火之睫毛的天空之眸那硕大的瞳孔。

"太阳中有我们的律法。律法之光充溢宇宙。"阿尤布拉比不是曾经这样写过么？

而加布拉比写道："律法那清澈的光。造物主看到了么？"]

律法永远甘居于幕后。有距离保护着它。其力量和权威仰仗着这种空间的距离。就此处而言，它在彼处，却又是一个有界限的彼处，仿佛是该处的极限与威慑。结果，置身于此处就意味着须服从于管辖范围渐次扩充的律法，这个无远弗届的律法的"此处"只是一个它能施加影响的未经定义的场域。这个此处永远不可能固守本土。它会向全球传播。因此，置身此处即意味着四海为家，意味着这个此处就应当如此处一般呈现，也表明它服从于律法，服从于暂时使其稳定并将全部异化之空间的重负加于其身的律法。

律法创制出一个律法中的此处，它只在我们最终认知该律法后才会被接纳。我们会由此成为这个此处之主，只有我们才能把它叫作此处。但若该律法的此处是书，它在那个场域中占地为王，留下足迹，该当如何？此时，书就会同时成为其自身的此处和彼处，成为律法在其书面表达中不可类比的空间，成为迷醉于其自身基础之书写的空间本身，并将彼处和此处的适用性共冶一炉——彼处不再像真实的彼处，而此处也并非全然就是此处。我们身处律法的桎梏之下，就像置身于无限和无限之有限、宜居和非宜居、永恒和瞬间的奴役之下——可以说，书最终会成为废止此处的彼处之此处，会成为此处的虚空与虚空的此处，因为书的律法即是深渊的律法，而传播律法的书即为律法的深渊。

假如书写的宗旨只是为了指导我们阅读律法，即没有律法也就无从书写的话，那么所有书写就只能是阅读支配书写亦即支配宇宙的律法：一部我们但凡违抗便会被书删除的律法。

（我们的远离并非缺席，而是相反。评估我们与一件物品、一个场所、一株山梨树之间的距离，就会恢复它们的真实尺寸。

造物主的缺席有没有可能也只是因为他远离了？远离到比最远还远？心灵可以构想这一缺席，而信众尽管信仰笃诚，心却依旧为此痛苦。

——可是，造物主是没有维度的。他是一切的维度。

他对我说："造物主是律法的距离，他借律法
而无处不在。"

我对自己说："或许，造物主仅仅是隔离我们
与造物主的任一观念的距离：一种观念的孤独。"）

（三）

在歧路中绕行是孤独者惬意的旅程。但殊途会不会难以同归于孤独
的终点呢？维系明天的是所有启程恨晚的后天。赛事无情，也就是说，
绝无怜悯和感谢。在上千匹累垮的骏马头顶上，明天依旧在闪闪发亮。

昨天是我们的孤独，明天也同样如此。假如人是依造物主的模样所
创造，他就必须像造物主一样永世孤独。每一部书都是一部孤独之书，
是一部世间的缺席之书，世界寄居在这个世界里，字词在前头引路。

*

我在四月十六日出生……我之所以在第三个时段里又旧话重提，是
为了写出如下备注。尽管我事实上出生于四月十六号，但我对外只能宣
布十四号这个日子，因为它已印在了我的护照上。这个班师回朝的谎

言——但并没有人撒过谎——取代了归于沉默的真实。这个被正式记录在案的错误日期抹去了真实的出生日期。十四号那天，我还在娘肚子里蹬踹。包裹着我的是一个温热、发红的夜，它充斥于我的双眼。我准备着迎接自己的降生，就像我要从自身中降生。慢慢地，我从空无中抢来的那张脸变成了我自己的脸。我是一个脆弱的小生命，活在分娩前的最后一段时间里，是一个尚无名字、正幽幽等待自己名字的造物，一个超越语言的字母和字词的胎儿。呵，我真的是出生在开罗么？真的是我母亲在四月十六号清晨生下的我么？我的第一声啼哭肯定发自那个瞬间，身上血渍连连，这一切一定深深地印在了母亲的记忆里。假如出生就是简单地意味着来到世上，那么，根据我母亲的说法，我是在四月十六号凌晨四点左右出生的，但会不会有一种像是走向死亡、在献祭般的清白中来到世上的方式呢？就像死亡为我们开启了投向它的目光？

有位哲人说过："我们的眼后有眼，它们像鲜花之前的种子般观看，我们的眼睛甚至在凋零之后依旧能够看见。生与死不过是同一道持续的目光。"

在《问题之书》第一部的开头，有位人物这样写道：

> "当作为孩子的我首次写下自己的名字时，我便意识到我在开始写一本书。"

假如我们承认只能在名字中存在且只能靠名字存在，承认命名便是赋予被命名的生命和物体以存在权，是它们获准以其特定的生命或物体形态出现，并从此为人所接受；假如我们还发现书之外任何事物都不存在，且宇宙也存在于书中，就是说宇宙本身便是书，它正是通过书、通过书的每一页而成为宇宙的；此外，假如我们也不忽视作家的经验，即对书而言，就算我们有了名字，也只不过是些组成我们最终将要成为的那个词语的字母，而该词语只有在句子中、在与书分享的瞬间里才能获得完整的自我表达，才能在其对抗或缔约的众多词语中获知自身真实的维度，那么，只有在这种时候，我们才能宣称说，我们是在进入这部书的那天出生的，是在我们被这部书书写伊始的那个瞬间出生的。但是，书始终是未完成之书的开端，并被这种未完成自身所定义。它是某种被打断后重新开始的开端，其含义与关键都掌握在死亡手里。我们还要知道书是什么以及我们刚刚出生时的书是什么。那无疑是一部被抹去的书，所有的书都保存着它被抹去时的那段记忆。

一旦进入书中，我们便再也不同于以往。但是，难道平时我们采取的每一个冒险步骤不也是不同于以往么——哪怕是在最寻常的情形下？成为世界的一部分，重新定义自我，意味着骤然变为另一个人：变为他者，变为静候降临或惴惴于其时辰将至的他者——那时辰包括等待时的恍惚的时刻或担心的时刻。的确，一整段日子、月份、年头有时在决定性的几分钟内便可见分晓，只需一句话、一个动作便可将我们变成另一个人：变成一个替身，它与意外或焦虑、反抗、欲望、恐惧相连，与死亡塑造的奇迹相连。

因此，书写可能仅仅是某种特别的行为，它因为全然发生在我们内心而更加危险。这一行为当然是冲着我们而来的，但它也会针对我们，带着扼杀我们的精心计划去成全另一个人——或仍成全我们自己？——

那个人带着我们的希望或苦难出生，并且认领了我们的名字。

我们的第一部婴儿期之书是否就是我们将因其而死的那部前书呢？是否就是我们循着书页翻阅的那部死亡之书，却始终不能断定它是否会陪伴我们，而且，是否就是那部"书中之书"呢？

因此，被命名，意味着从死亡手中接受生存的命运，意味着接受命名者从黑夜迎向白昼。那是白昼中的白昼自身，它远比我们出生时的白昼更为古老，我们借热切的特殊符号记录下它的到来。然而，什么都没有发生，仿佛在我们身外，一切都已早早精心安排停当，让我们想到这个"身外"其实就是最深处；因为那个被书写出的躯体，像书一样，是没有界限的，可能会让我们想到这一定是书写引爆了界限，一定是书写之外不会有无限度的体验，而书写拥有不争的限定之权，于是对其限制的事物划定了新的边界，但边界自身终有一天也会越界。无限，有如无瑕的纸页，散落其间的是无形的边界，人在其意识薄弱的当口会将边界强加于语言，语言反过来又强加于人的意识，迫使其抛弃边界，从此不得安生。

但是，若一本书只有开端，世上就不会有任何书了。而且我们也吃不准我们是不是在书里——如果书只是由字词透露出的其自身的缺席，只是某种缺席之书，它通过某种在他处经判断可以理解的话语虚假地维持缺席，那么缺席会在这些话语上撞得粉身碎骨而茫然不知所终。一个他处的话语被扔给了词语，直如扔给了一群狗，被撕成碎片，而我们还要在那话语的尸骨周围聚拢起来，去翻拣那些散乱的碎片么？我们是否理解上述这一切（哪怕隐隐约约理解得不很真切）——我们本身就是缺席的呼吸，我们的躯体沿用了缺席的节奏，我们在缺席的含糊其词中添加了我们的名字？缺席的在场造成了一种虚幻的投射，似乎我们的行为可以延展到它们的领地之外，且仿佛这种延展决定了它们的范围。那是赛过真实的缺席，我们的行为从中获得了与其相关的自信和必要性。

知道了自己就存在于书中，意味着我们确信书的缺席即是自我的缺席。我们始终伫立于一心想使自己明朗化的难耐的缺席门槛上，它窒息着从四周蜂拥而至的字词。就好像它们的未来全要仰仗这同一个缺席，仰仗这一缺席自身从其盘踞的某个空间之点（那是字词们过去所放弃的）转移到另一个无限之点上去，因为字词和宇宙犹如我们，始终处于无尽变化之中，于是它们变作只想与其形象联姻的缺席。而形象不是历来都走在前面么？

千万不要以为缺席不具有形象。没有这些形象，我们就无从设想缺席。它们是全能的在场所拒绝的形象之形象，而它们还在宣传在场，呵，真是讽刺。所以说，我们最轻盈的脚步也可能会擦去鞋跟本可能会留在地面上的痕迹，虽是不存在的痕迹，却可能是唯一可以对各种不同路径做出说明的痕迹。那是空无中的痕迹，在那儿，缺席迷失在未知的边界上，就像我们蔚蓝的天空迷失在地平线上一样。

缺席之书呼唤字词。书的声音单调沉闷，它是沉默之声，只在律法心中对目光言说。呼唤声暴露了它在某处的在场——Vocable（字词）：vocabulum（点名），来源于 vocare（通话）= appeler（呼唤）——是不是因为书把被呼唤的话语转化为字词，而话语急于重返书中，故而曾私下里呼唤过书，或至今仍在呼唤？那是由书激发出的欲望培养出的欲望，是被自身回声鼓动起来的欲望之欲望。

既如此，缺席之书就只能是书对字词之欲望和字词对书之欲望的模糊空间。书写的欲望也就是书写过程中将一直维持的与欲望同在的欲望变成了所有书写的理由。因为只有以蓝天之欲望的词语书写出的天空才能成其为天空，只有以大地之欲望的词语书写出的大地才能成其为大地，只有以无穷之欲望的词语书写出的人才能成其为人：那都是同样的词语。

书之律法即欲望之律法。

欲望的深渊是律法莫测的无底洞，是令人目眩神迷的约法。

往昔不是死亡，而是死亡改变某种未来的机会——是死亡的未来还是我们的未来？——改变为某种虚构的时间，在那儿，我们的故事经过追忆，任凭笔端随心所欲重新书写。那是战胜遗忘的漫漫讲述，而遗忘早已大量见识过这种讲述：创世之源中，正因为有讲述的大量存在，才使它喷薄而出。

从这个意义上讲，所有往昔的书写都如同再现死亡的记忆，如同再现免于一死的空无之记忆。因此在死亡的导演下，会有某种湮没于词语自身之往昔中的往昔存在，因为死亡之外，语言不可能存在。创世杀死了造物主，从此造物主只能靠其创世时创造的生命存在，不是靠他赋予自身的生命而存在，而是靠他接收的某个生命而存在。

书是中立的场域，其中立性始终岌岌可危。在这个场域中，两股同样强大的力量在一场战斗中僵持，既无休战，也无结局。它们相互戒备，任何可能导致失衡的疏忽都不过转瞬之间。受控的一方会即刻加倍努力，以恢复受到威胁的平衡。

一方是书写：发生了的，被载入书中的。另一方是作为对立面的非书写：解除已发生的，被从书中抹去的。而且，似乎抹除本身的书写，其目的只是为了被抹除。

书的中立性由作家平衡。

——除了唤醒这些极其活跃、被答案搞蒙旋即又活跃的力量，还有什么能被称作问题呢？除了中立性在遭到反驳的否定中现身，从死亡为其永不枯竭的表达中现身——死亡中，创造性的生活与毁灭性的生活以其桀骜不驯的激情相互对峙，充满原初的、不可分的真实——还有什么能被称作问题呢？

书与死亡的中立性存在于它们逃避的名字中，由中立决定，并已变为它们缺席的名字。

造物主在圣名之外的生命是一个谦卑之字词的生命，那是他无法抵达的生命之生命，而生命在那个最黑暗的不可命名之处以他的平庸为其命名。

　　　　［NOM（名字）这个词语应该读两遍，从左向右读一遍，再从右向左读一遍，这样就组成了两个词：NOM（名字）和 MON（我的），我的名字。这个名字是我的。每个名字都属于个人。

阿兹莱尔拉比曾经写道："造物主是一个名字的去人格化，是存在的所有词语的普世性。"

　　阿米拉克拉比回答说："这是明摆着的。可是，老师，你的思考却引发了我如下的这个问题：一个无人索要、无物需求的词语是怎么回事？一个没有所指对象、没有应答对象的词语又是怎么回事？

　　"从绝对意义上讲，哪些词语能把我们带到特殊境地并毁灭我们，比如说：真理、自由、爱情、死亡？——那都是些绝望的符号，不被认知，也不被听闻。

　　"那些不被领悟的词语就此散佚。而我们创造出它们无疑是为了更好地评估我们的损失。

　　"词语只有通过我们、为了我们才能存在，而我们却是虚无。词语只有为它所指认的对象才能存在，而那对象自身却是尘埃。

　　"呵！在这虚无之中，在这时间的灰色尘埃之中，永恒那被缚的双翅正在微微抖动，准备一飞冲天。"

　　阿兰拉比说："我书写。我是因我而生、要把我推入空无的所有词语。仿佛书写行为既陶醉于生命，又是面对死亡时疯狂的激情。"

　　造物主身上，恶与善，谎言与真实，黑暗与光明，水与火，话语与沉默，思想与非思想，俱在虚无中相互中和，相互抵消，在那儿，动词 NIER（否认）"因将其命令式 NIE（否认吧！）隔绝起来，从而闹出了乱子，因为虚无若对每件事都说"不"，它就变得什么都不是了，但虚无若对自己说"不"，它又会变成什么呢？

造物主是虚无的机遇。

或许，造物主无非是 RIEN（虚无）一词中三个字母的机遇，而那三个字母就否认了"虚无"一词。①]

（四）

我在四月十六日出生。在我之追问的这第四个时段，在那一天和那个时辰之后，我大概应该把确认或否认我的出生日期这件我所关心的事留给我的躯体；因为只有躯体才知道自己的年龄。如果没有思想去打开那本书，没有让思想引导着书走向其最后一个字词，我们的年龄便只能是躯体的年龄，而思想在打开那本书的同时，也为我们打开了一个白昼

① 法文中，"虚无"（Rien）与"否认"（nier）这两个单词中都包含有 n、i、e 这三个字母（nie 是动词"否认"的命令式，意为"否认吧！"，所以文中说"那三个字母就否认了'虚无'一词"）。

的宇宙，让我们把它剥离至最后的微光。

无论我在担当还是在营造，也无论我的思想能走多远，我生命的时间永远只能是我躯体的时间。仿佛这个躯体在其无限的终结之中确实是那本书可以读到的界限。

我们能够感知、理解和沉思的全部事物：这个控制我们的世界，这个部分驯顺的无限，在那儿，话语茫然无措，对它们的迷失一筹莫展，因为它们只有经由沉默的消失才能进入我们的范畴——所有捕获我们、丢弃我们、承载我们、毁灭我们的事物都与躯体相连，与躯体所赋予的空间相连，唯有躯体才能驾驭它们的未来。

对我们而言，没有躯体就没有世界。听觉、视觉、嗅觉指引躯体走向心灵，而心灵为这些感官而诘问躯体。

没有躯体，我们只能是风中的气息，是沉默中的沉默。没有躯体，也就不会有书。仿佛书的缺席只是躯体的死灭。

可没有了躯体，我们难道还能从缺席中辨别在场，从沉睡中辨别觉醒，从黄昏中辨别曙光么？而且，当躯体言说或缄默、吸气或呼气之时，当躯体在命名并与每个名字和睦相处之时，风中的一丝气息、沉默中的一种沉默是怎么回事？如果那不是躯体为其缺席中隐而不现的词语所做的长远准备，那么书又是怎么回事？

躯体的年龄是文本的年龄么？假如我用三天时间写出一个文本，我能说该文本的年龄只有三天么？这种情况也就意味着，包括该文本在内的书，其年龄应相当于全部书页之时间的总和。可我们知道，一本书的书页不是加上去而是减下来的。我们从书的那些数不清的完美页面中抽出那些布满词语的页面。因为把所有页面全部盖满词语是无法想象的。为一本书编上页码只是意味着为从书中抽出的那些书页编上页码。每一页都涉及一页白纸。

包含有多个部分的躯体，自有其存在的正当理由。这是不是因为我们有了五种感官的词汇，我们就有了一个躯体，去为所有渴望存在之物谋得一个躯体——属于它自己的躯体：植物的、动物的或人的躯体；一缕香气、一种声响、一个在场或缺席的躯体？死亡始终与书一起使我们的躯体变得支离破碎。总会有一个躯体让我们死于躯体的死亡。

通常出现在书写行为之前或紧随其后的沮丧甚至疲弱无力——我们可以将这种情状归结为什么？可能唯有归结为躯体的失能：此时，躯体不靠武装自己抵御某种假定只涉及眼睛或大脑、涉及手的功能的死亡。躯体会从这种短暂失能中迅速恢复，它有着十分强盛的生命力，有着十分强盛的求知若渴的欲望。

通过语言而死于另一个并非自我的死亡（我们自己的死亡最终也会听命于它），并在这一死亡中长存，由其将我们抛给空无——这不也意味着我们已经被字词奉献给了空无，并意识到我们本就是空无的造物么？

假如是我的躯体孕育了我栖身的这些短命躯干，那它便是所有躯体中最年长者。所有这些躯干都不会超越我的肉身和骨头，不会超越我的生命，这个我自以为有权呼唤它的我的生命，即使我不知道它始于何时又将终于何时，犹如生命虽属于我，我却从未成为它的受益人。

说到底，究竟生在哪天又有什么关系呢？说"我生于……"和说

"我死于……"同样荒唐,因为生死之间无边界,而见证过生死玄奥的躯体深知自己也将在生死中死去。出生,即意味着自行死亡之始。

我曾认为书写会导致自我毁灭。我错了。那是死亡在用书写迷惑我们。就像蒙着眼玩藏猫猫一样,我们也在玩着重新认知死亡的游戏。死亡,这个该诅咒的词语,它正在把自己的字母化为灰烬。

*

假如书中所有的书都要保存在页码中,那么,除了躯体那仅有而难料的生命周期以外,我们那些多重的、后续的生命就失去了延续的时间。

躯体展开如书,词语为思想所驱,急于在未知中攻城略地,但非思想却使其死去。

倘若我们未死于自己的字词,显然那是因为它们承载着我们的思想,而我们不能思考非思想的状态。

肉身的未来只能是肉身。

或许,无论变换何种时态,书的时间都只能是那无法言说的诞生的时间。

而那故事也只能是某个字词意外的爆裂。

（阿鲁安拉比写道:"从生命到死亡的通道永远

不会没有冲突和困难。

"互惠的权力通道。

"如今为何对我影响甚微呢？"

借你的思想倾向去接触思想吧。借你的话语媒介去接触话语吧。借你的生命渠道去接触生命吧。借你的死亡去迂回接触死亡吧。

这样，你便可以从内部评估它们，并摸清它们的机理。

用同样的方法，你将通过书、通过书的宏大胸襟而接近书，并调整自己呼吸的节奏，使之与书的呼吸同步。

每个赌注都是先豁出自己。

只有打开表壳才能步入时间的奥秘。

永远不要滞后或超前于字词。

他说："每种思想都会作为可朦胧感知之源，继续存在于取代它的思想当中。它不是最初的源头，但却是最后一个，而这个源头的展示，被认为是开启了所有其他由其衍生的源头，甚至包括那个早于'前源头'就已消失的源头。

"有没有像第一个思想那样的东西呢？有没有像最后一个思想那样的东西呢？

"思想在。造物主在，凭着普世的思想。一切思想都涵盖于思考中。

"我们只能在造物主中思考。"

塔巴赫拉比注释说："造物主从不书写，却是书写的那一位，人虽笔耕不辍，却永远写不出什么东西，这不是很奇怪么？

"我们在文本的空白处阅读造物主，犹如在浓重沉寂的黑夜里发现了太阳那耀眼的、充满诗情画意的纸页。"

他又补充道："想象一下无限中的那一排排书吧。

"你会由此明白，天空栖息在何等脆弱的根基之上。每天又有多少富于竞争力的思想在捅着那个裂缝。"

他说："天空是书写出来的。我们呼吸着词语。书写或许就意味着在复原如初的词语中再造我们吐纳的词语。"

尘埃，我们的永恒之圣经的尘埃。

造物主若成为一个词语，也终有一死。)

*

一旦被书写，书便成了所有阅读的处子。

什么也没有读到，可已然在为遗忘而书写。仿佛每个字词若指望被读到则只有被嵌进遗忘。

死后仍为处子身。

论幽默

加齐拉比写道:"有时,一件微不足道的小事竟能成为一系列重大事件的源头。

"我们永远不可能见微知著。这是我的第一个教诲。

"第二个教诲是:大多数情况下,人的发现无不是神之幽默的深刻体现。"

比塔尔拉比写道:"最富幽默感的是:造物主把我们藏起来不让我们发现自己,好让我们某天为自己那些最最天然的举止惊诧不已。"

博顿拉比说:"我们那些最伟大的学者都是幽默的人。"他又补充道:"生活在圣洁的状态中,或许就意味着将幽默推向其对立面,那是幽默的另一种形式。"

阿里斯拉比写道:"所有选择都是幽默的选择,所有创造都是幽默的赌注。"

纳西夫拉比写道：

——给我举个造物主幽默的例子。

——人。

——给我举个人类幽默的例子。

——造物主。

昂哈特拉比问扎哈尔拉比："空间的第一道痕迹是幽默的痕迹。最后一道，那最残酷的一道会是什么？"

扎哈尔拉比回答说："或许是个无形的点。"

阿苏德拉比转述完上面两位拉比的对话后接着说："而且他讲了一个故事，说的是某天晚上，有个人和造物主聊得特别晚，所以一直到死，他的脸上都带着那种狡黠的微笑，那体现了他知识的宏博。"

阿里斯拉比也写道："所有这些泪水无疑都是为了纾解我们对幽默的渴望……"

不可启封

——如果让我谈论死亡，我会说：我父亲和我母亲死去了。我哥哥和我姐姐也死去了。我的很多朋友都死去了。我觉得这就足够了。

——当然，这可能够了。不过，谈论死亡，不也是缅怀死者么？如果引述你的书……

——如果参考我的书，并让我谈论死亡，我会说：萨拉和于凯尔死去了。雅埃尔和埃里亚也死去了。我觉得这也足够了。

——当然，这可能够了。不过，所有这些死者和你的死又有什么关系？

——我随我父母离世而死。我随萨拉和于凯尔而死，随雅埃尔和她夭折的孩子而死。我随所有我目睹其死去的逝者而死。我随我作品中数不清的人物而死，哪怕我只记得他们的声音，哪怕我只在笔记里记下了一些人物的语录。

我随我自己死去了多少回呵？

——谈论死亡，仅仅是缅怀死者么？

——我们只能对死亡谈论死亡。我们为死亡本身的缘故而谈论死亡。

——但我们谈论的其实是我们自己。

——死亡打断了我们的话语，把它出借给我们一阵子的话语收了回去。

所以说，死亡意味着违背我们的意愿放走了我们的话语。我们只为死亡的缘故代言，直到死亡更想聆听沉默为止。

——沉默不也是话语么？

——可能是无言的话语吧，如同没有白昼的白昼，没有痕迹的痕迹。

——没有呼唤的呼唤，没有永别的永别？

——可能就像虚空中的洞穴，像摆脱了洞穴的虚空。

      （死亡的束缚牢不可破。它比鲜血和爱情更牢固。我敢写"它是唯一的束缚"么？

      绍艾拉比说："没有了死亡，也就没有了束缚。因为没有死亡，时间便不复存在，而束缚无非是时间的欲望，铸入瓦解欲望的时间当中。"

      他又补充道："只有死亡才能联结起时间与永恒，死亡同时也行使限制和分解之权。

      "因黑夜追逐白昼而遭受威胁的永恒之中，束缚早已被记录在案。

      "因此，永恒只能是时间献给自身之欲望的无限欲望。那瞬间令人垂涎和向往。"）

生而独立存活

思想如同新生儿，

端看其诞生后能否独立存活。

书亦作如是观。

阿布拉瓦奈尔拉比曾经写道："总体之书最为脆弱。呵，造物主的脆弱！"

他又接着写道："永恒之书并不是把人类的全部知识一页页摊开来摆在那里的书——还有什么比知识更短寿的么？——正相反，书被自己孕育的书所毁灭，轮到谁，谁就毁灭。

"书之永恒，存在于与书相似的新的祭献当中。"

在这儿，思想跟不上我了。那么，这种思想的缺席是怎么回事？它不像缺席，反倒像某种思想缺席的思想。

——或许那是缺席思考过的缺席，死亡思考过的死亡。正是因为有这个思考无法把持的思想，我们才得以在沉默的边缘一度抵近它。

因此我们将死于一个从不属于我们的思想，但那个思想却从我们降生起就可能在终生琢磨我们。

不再思考。要成为宇宙之思想。沦入其中，呵，虚空，呵，空无！
可我是在思想之外思考自己，甚至是在思考自己的思想之外思考自己，就像空气，我是那空气的空间；就像海洋，我是那海洋的浪花；就像火中之薪，我是那薪之灰烬，燃烧殆尽的灰烬……

"一个思想将带领我们穿过黑夜，以确保我们的思想无论何时都明睿如初。"
"如此说来，时间只是一种时间的思想，人努力将这种思想应用到其范围里。这是时间思考中的时间的思想。"

既已思考过明天，未来不就是为我们开辟出思考之路的思想么？

不得思考造物主。作为未来的思想，他始终有待于思考。

*

对你来说，这一切早该是你抵达那个场域的良机。你的每个动作都在移动边界。没有什么能被永远禁锢。你视陷阱如无物。除非陷阱就是宇宙。你单臂一擎，便闯入新的空间。你掉头试着再迈出一步，便已然跨出同一片无限。

于是荒漠开始言说，但其话语因太过旷达而难以辨别。于是你试着为荒漠言说，但你的话语难以远播。你一旦在心里默默言说，那话语就不见了。你满口塞满了沙子，目光中充满了空无。除了在你心中，边界并不存在。边界只是一条条沉默的线，思想就像杂技演员走钢丝般沿着这些线游走，担心偶有差池便坠入虚空。

……正是这一受到如此威胁的思想在带领着我们从书走向书，从冒险走向冒险……

造物主因这一思想的脆弱而飘飘然。

（看到死亡的一瞬间，思想的躯体变得僵硬。

……那是它尚无暇思考的死亡。）

思想・死亡

　　死亡之所以化为思想，只是为了在此难以逾越、所有思想都已放弃的高度上——或深度上——最后一次思考自己；

　　没有任何思想愿意思考死亡。或许只有死亡自身可以做到这一点。

　　呵，以其灰烬为食的灰烬。

　　思想有激情么？除了我们可能会接受涉及爱恋的思考之外，有激情的思想还会是什么呢？

"我们不该谈论死亡，"一位衰老的拉比在临终的床榻上说道，"我们没有资格谈论我们不懂的事物。空无是不可思考的。"

因此，思考死亡只能是设想我们自己死了。这只会导致武断的和未经证实的猜测。然而，我们与死亡共存。

我们能谈论生命么？这种情况下，我们本该可以谈论死亡，犹如谈论九泉下的生命。那是一个由死亡所赋予的生命之下的生命，它允许死亡死去，成为死亡自身的死亡。

我们与死亡共存，犹如依偎一位陌路女子，我们会担心她有什么不良行径，有时也会揣摩她在琢磨什么，但我们顶多能预测到她的反应，却既不知她的计划，也不知她是何人，来自何处，更无法得知从哪个瞬间起我们确信她会终生与我们为伴，直到伴随我们步入坟墓。

（"死亡是会杀戮的生命。"

——哈赞拉比）

论空白之一

一

只要是脸，就无法不去回应一只手的欲望。只要是手，就无法不被脸所纠缠。

我的书见证了文本结合亲身经历的做法，但我说不清这是所有字词在什么意义上的亲身经历，但它们在面对风险时竟如此难分难舍，休戚与共。

他说："我生于书。长于书。死于书。我不知道其他家园、其他道路、其他风景，也不知道其他天空。"

他又接着说道："我的眼从未从书中抬起。"

萨迪亚拉比不是也曾经这样写过么："我与书一同诞生，如同我们与阴影一同诞生。夜里，我的书和我合而为一。”

二

作家自以为走出孤独的时刻最为孤独。

我反复读着我最后将书写的书。

……我被最后一本书读之再三，而那只是我下一部渴望成为的唯一的书。

与字词生死攸关的空间是书的无限，是它的死亡。

三

“我们可能会发现词语面对所有对立的观点时无法描述书的真实，字词无能为力。”

他想起已死去十个世纪的阿隆拉比说过的一句话：“……”他对自己说，仅凭这句话他就能写出一本书。

他想起已死去七个世纪的梅穆恩拉比说过的一句话："……"他对自己说，仅凭这句话他就能写出一本书。

他想起已死去三个世纪的契拉赫拉比说过的一句话："……"他对自己说，仅凭这句话他就能写出一本书。

他想起已死去一个世纪的齐布利拉比说过的一句话："……"他对自己说，仅凭这句话他就能写出一本书。

他想起刚刚死去的贝纳尤恩拉比说过的一句话："……"他对自己说，仅凭这句话他就能写出一本书。

（"你引用了一句什么话呢？"人家问，"怎么只有引号？"

"那句话和书一起被抹去了，所以你在那个倔强的空白里——即纸页的空白处——什么也读不到。"

加布里拉比曾解释说："我们的书有朝一日都会变得如此空白，甚至让我们怀疑是否真的写过这些作品。"

引号只是我们在苦难的墙面上留下的抓痕。我们的墙就是书。莫斯里拉比不是说过么:"愿你的前额、你的眼睛、你的双手与墙融为一体。那样,你便会读到已经石化了的造物主的话语,那话语只能在心中辨读,你会发现我们古老的书中那些令人愉悦的清新字词,而你的泪水也会在瞬间使若干世纪以来已经褪色的那些字母恢复本来色彩。")

那天早上下起了雨,是秋雨。问题早已摆脱了人,把书压得粉碎。它自己也日渐羸弱,就像那些卧床不起的老人,早晚有一天会拒绝进食,在每况愈下中一无所视,唯有透过窗玻璃凝望虚空。

田野上,唯有从一端到另一端的厚厚的云层,不时有困扰的鸟低低掠过,还有无人问津的字词飞旋。

(它们在私下偷偷传递着书,每个字词都在书中读着自己的故事,有如一个人在冬日的天空中读着缺席的星星。)

论空白之二

      他说："造物主的名字是一处空白。弥赛亚的名字也接近于空白。"

      他又说："弥赛亚会自己现身。他名字的那些字母是可见的空白。"

雅埃尔说："我儿子从他的名字中向我走来。我活在我儿子的名字里。"

有人问她："一个胎死腹中的孩子会指望什么名字？"

她回答说："是我将要为他挑选的名字。亚埃里或埃里亚。我还在犹豫到底选哪个。

"我为我儿子选择的名字将会是弥赛亚的名字。"

"每个名字中都有弥赛亚的名字。"有人略带讥讽地反驳她。

雅埃尔说："我将因他的名字而得子，我也将因他而重生。

"埃里亚将是那弥赛亚的名字。

"埃里亚是蒙尘的空白，亚埃里是纯粹的空白。"

论空白之三

扎卡尔拉比说："空白抵达终点，便是我们的孤独。造物主将覆之以自己的空白，就像用一条展开的裹尸布盖住一条略窄的裹尸布。"

哈苏德拉比写道："从空白到空白，有几多过渡色要借对比才能发现！转瞬即逝的空白中，又会掠过几多不靠谱的色彩！

"空白永远来自空白之后。"

萨弗安拉比说："我，我因联合起我们所有的事物而与你们分隔，因同一片空间和同样透明的词语而与你们分隔，我知道流亡是一次空白中的学习，因此我也知道这种空白永远不是另一种空白，因为宇宙不可能孪生。"

"除了死亡，"哈姆斯拉比反驳说，"死亡里的一切都是空白，一切都不存在。"

（塞格雷拉比曾经写道："预言中说的时间中的时间仅仅是某个变化的天穹，是地平线的曲线，你就在那儿演变。"

不久后，他的弟子苏拉姆拉比修正了他的说法："……地平线的曲线，你根本不会在那儿存在，因为时间中的时间不过是某个时间的碎片并变成了我们的时间，如同造物主的时间与人的固定不变的时间是完完全全断裂的。"）

丢失的书

　　——请为我们重读一下那本书吧。

　　——我不小心弄丢了。

　　——有个小贩曾送给我祖父一本很特别的书。他传给了我。大概就是你说的那本书吧？

　　——打开吧。看看是不是。

　　——里面空无一字。

　　——从前我祖父去东方旅行时带回来一本书。就在这儿。大概就是你说的那本书吧？

　　——打开吧。看看是不是。

　　——里面空无一字。

　　——我老舅去世前不久送给我一本他从来看不懂的书。就在我手上。大概就是你说的那本书吧？

　　——打开吧。看看是不是。

——里面空无一字。

——我过生日时有个朋友从其远方的故国寄给我一本不熟悉的书。就在我口袋里。大概就是你说的那本书吧？

——打开吧。看看是不是。

——里面空无一字。

——有天下午，我在公园长凳上捡到一本书。就夹在我腋下。大概就是你说的那本书吧？

——打开吧。看看是不是。

——里面空无一字。

——有天早上醒来的时候，我发现自己的脑袋挤在一本没有标题的书页里，更让我兴奋大于困惑的是我在梦里翻阅过这本书。我给你带来了。大概就是你说的那本书吧？

——打开吧。看看是不是。

——里面空无一字。

——我邻居刚刚把我很久以前借给他的书还给了我，有个博学的收藏家评价说这本书比深渊还深。我把它送给你。大概就是你说的那本书吧？

——打开吧。看看是不是。

——里面空无一字。

——我写过一本书么？

——你不是给我们读过一些片段么？

——我的确给你们读过那本书中的几页。

——从哪本书里？

——从那本捡来的书里。

——我们每个人都给了你一本书。

——我的确读了这些书中的一些摘要。

——可里面空无一字。

——所以，这大概就是我的书。

阿萨夫拉比曾经写道："我们将以造物主为榜样，使用所有这些空白组成一个空白词语，只有用造物主的眼睛才能读到它。"

法尔希拉比说："主呵，哪天你的双眼会引领我的双眼去阅读呢？

"那样，我就能最终在我双眼中阅读你的书了。"

伊沙克拉比写道："我不过是一具堪怜的凡胎，却长着造物主的眼睛。"

他又接着写道："虹膜不就是造物主的那一部分么？不瞒各位，正是它将我们和宇宙联结了起来。"

从每一个开端中，造物主都看到了终结，而在每一个终结中，造物主都看到了新的开端。

呵，荒漠，沙的警觉。

阿拉姆拉比曾经写道："灵魂是眼睛的觉醒。我的躯体枯萎前将掐灭我的灵魂，但有那么一瞬间，一缕微光照亮了我的卧室，它就像一丝烛光，虽然熄灭了，而我们的眼睛却依旧能够感知。

"这缕微光或许是永恒的。死亡错把它当成了白昼。"

萨杜恩拉比说："这是从黑暗里偷来的一缕光，它是灵魂的蓝光，失明者是其最合适的担保人。

"黑暗被战胜了。"

他说："……这缕无限的微光，呵，我们不朽之双眼的胜利。"

此地，终结

此地，话语、书、机遇之终结。

荒漠！
木已成舟。无济于事。

此地，游戏终结，相似终结。
无限借其字母否认终结。

此地，终结难以被否认。终结无限。

此地，没有场域，
甚至也没有痕迹。

此地，唯有沙。

荒　漠

阿斯兰拉比写道："源头的话语即荒漠的话语。
呵，我们话语的荒漠。"

他说："没有什么地方留得住返乡者的脚步；
"有如呱呱坠地只意味着走向诞生。
"我的未来才是我的源头。"

索玛玛拉比写道："深入荒漠者再没有回头
路可走。来自他处，这个他处便是你的双生的天
际线。
"沙是问题。沙是回答。我们的荒漠无边
无际。"

他每只手都抓起一把沙子，说道："这边，是
问题。那边，是回答。它们与尘土的分量相当。"

创造，意味着把未来变为一切行为的往昔。

犹太人遵从着一条经典的规律，自愿选择动身前往荒漠，走向一个已更新并成为其源头的话语。

萨努阿拉比写道："创造中，你创造了吞没你的源头。"

"源头即深渊。"

——贝希特拉比

*

阿布拉瓦奈尔拉比说："造物主之所以在荒漠言说，是为了剪除其话语的根脉，好让造物与他形成特殊的联系。我们将把自己的灵魂改造成一片隐秘的绿洲。"

弟子问他："那他已经写下来的话语呢？我们对他写下来的话语怎么理解？"

阿布拉瓦奈尔拉比回答说："我们将用那话语的火一般的字词造出一部燃烧不尽的火之书。"

哈苏德拉比——其言谈和评论之大胆，往往难以被评论家们所接受——插话说：

"漂泊的话语即造物主的话语。它与漂泊民族的话语形成共鸣。它没有绿洲，没有阴影，没有和平，只有那无边之焦渴的荒漠，只有那焦渴造就的书，只有那火的肆虐的火焰，在传给我们的那部缠人的、难以辨读的书的门槛上，将所有的书都付之一炬，烧成灰烬。"

费鲁什拉比写道："除却没完没了地质疑自己和像嗡嗡叫的苍蝇一样妄自菲薄以外，我们还做过什么？这就是我们卑微的价值和绝望的源头。"

他曾写道："在哪个痛苦的无能时刻我们必须把结束阅读这件事强加给书？

"我合上双眼。我拒绝前行。

"愿书最终挣脱我们的锁链。"

托付于荒漠之风

古老的沙漠行旅的小道旁，刚被人发现倒在血泊中的那个男人篡用了我的名字。

有一次，他给我写信说："你每次使用代词 Je（我）的时候都是在给我命名——因为 J 是我的姓的首个字母，而 E 则是我的名的首个字母。"

于是，这个叫 JE 的人进入我的书中，占据了我的位置。[①]

呵！就让沙子掩埋他吧。

或许，沙丘就是数十亿个坟墓的尘埃；

那是我们真正的永恒之榻，让我们得以免遭轻率行为的骚扰。

---

① J 和 E 分别是埃德蒙·雅贝斯（Edmond Jabès）姓和名的第一个字母。

此时此刻，我的门房走上前来，手指着尸体说：

"这人是我们公寓的房客。我认识他！他是个作家。他早就从五楼窗子上跳下来了。我听说他自杀这件事就详细记载在《问题之书》的第七卷里。你们可以自己找来读一读。可他怎么又会起死回生跑来死在这片荒漠里呢？我也是如此，是什么奇迹让我来到了这里，站在你们中间？

"我觉得我是另一个和我长得一模一样的女人。

"嗯，如果死者最终都变成同一副模样，活人为什么不可以同一副模样呢？

"你可以反驳说这只是个门房的说法。可每个人都按自己的方式推理和思考，是不是？

"我承认，这些事超出了我的理解范围。"

萨拉在给于凯尔的信中曾经写道："你看，远处，死亡是如何描摹出地平线的轮廓的。这些划定得好好的空间就是我们的空间。"

他说："生命需要一阿庞①沃土。而死亡只需一丁点儿虚空即可。

"像离岛般与世隔绝的生活便是死亡。"

---

① 阿庞（arpent），法国旧时的土地面积单位，一阿庞相当于3—7.5亩。

他们曾生活在一座岛上，一座小岛。四周，没有大海，没有汪洋。四周，没有水，但有足够呼吸的空气。

一座他们自己的岛，只为他们紧紧相拥的躯体，只为他们倔强的灵魂。

没有花园，没有房子，没有卧室。

没有星星，没有树木，没有太阳，没有激流；

但有诸多高墙，

那么高，那么高，

以至于里面的夜

起而反抗所有的夜，

而宇宙却不知道。

于凯尔曾经写道："呵，萨拉，我们便是那墙里的夜，是那被保护的夜。"

我们刚刚发现了这位作家已无生命迹象的躯体，他怎么可能会死上两次——死在两个时间里，且情形都同样悲惨又无法解释？第一次是在西方，在他居住的城市里，接下来是在东方，在沙漠中？

其中并无奥秘，只有无法抗拒的深渊的呼唤。在死亡彼岸也能听闻。

玛兹利亚赫拉比曾经写道："我们懵然无知地走入死亡之梦，无法想象会招致什么危险。"

他曾经写过："早晚有一天，风会以它的全部气流荡涤天空，荒漠最终会映射出荒漠。"

他也曾经写过："谁将会揭发梦的可怕野心？我们是这个在阴暗地带里不受控制的力量的可悲的玩物。"

　　　　　　　　"美丽的陌生女郎，

　　　　　　　　露水是你的脸庞；

　　　　　　　　梦是你的秀发；

　　　　　　　　夜是你的性；

　　　　　　　　清晨是你的脚踝。

　　　　　　　　让清泉喝点儿水吧，

　　　　　　　　它已丧失理性。"

萨拉当时正唱着这首歌，在不可知的边界上她那座白色的牢房里，谵妄已使她神志不清，那是她变身为一片行将死去、全身青肿的荒漠前不久的事，阵阵狂风猛烈扑打着这片荒漠。

哈姆扎拉比写道："名字前后，皆为荒漠。"

他又接着写道："荒漠若不是我们前生早已消散的往昔，它又是什么？我们共同的未来也同样如此。"

荒漠中，大火无能为力。

前荒漠

阿亚舍拉比说过："当呜咽不过是一首歌时，当歌不过是一个名字时，弥赛亚就将降临。"

名字都是荒漠。荒漠都曾有其名。

他宣称："犹太教在成为人类幸福的一部分后，又成了受难的那一部分。"

他说过："所有的作家都是这两个部分的承继者。

"受难的那一部分面对着幸福的那一部分。"我们的书也同样如此。

他还说过："疯狂若烈焰，焚尽全部疯狂。"

他在其他地方也说过："若不是为了有个名字，我不顾一切地寻找图个什么？"

贝希特拉比不是也站在自己的立场上这样写过么：“每个弟子都放弃了自己的名字，只用他们尊师的名字。”

他还在更远的地方说过：“我有造物主做弟子。我这个最得意的门生，是不是他用我的名字做了他的名字？”

富埃卡拉比常年不离身的那块银链子老款银制怀表从他的指间滑落下去，撞在了书桌的角上，撞得太厉害了，有一半散落在他脚旁，而另一半挂在他坐着的扶手椅上，在地面和扶手之间的虚空中晃荡着。

富埃卡拉比低头捡起表壳、表针和表盘，表蒙子已经撞碎了。

“机械部分好像没坏，”他自言自语道，把这些东西放进了抽屉，“钟表匠雷亚德准能把它修好。”

随后他又自忖道，自己对时间如此在意或许是不对的；自己以为可以把一段时间赋予真理或爱情的想法是近乎疯狂的；所有思想、所有信仰、所有情感只能随着它们如洪水般的涌入而铺满那些岁月，有时是那些年头；以时间进行计算只是为了有助于记忆，而在遗忘的尽头，自有造物主在其初始的缺席中实施统治。

他关上灯，时间已经很晚了。

“黑暗中根本用不着表，”他还在自言自语，“黑暗是我们的宇宙。从生到死，我们书中的每个字母总是让我们面对同一个黑夜。”

他半夜就醒了，不知不觉中，他跨越了永恒。

后荒漠

火或者连通财富与苦难，或者连通枝叶与种子，或者连通星星与卵石。

荒漠令火生畏。

巴斯利拉比写道："造物主的话语以火构成，它是转瞬即逝且限于局部的话语，因为荒漠阻碍它的蔓延。但为什么它还能如呼啸的生命本身一样在宇宙引发共鸣呢？那是因为荒漠赶走了它。"

阿萨亚斯拉比曾经写道："在埃尔的霹雳中，宇宙终于可以仰卧荒漠，像金色沙子上的金色尘埃般进入永恒的梦乡。

"于是，我们借本能而得知，造物主乃是死亡。"

他在其他地方也说过："呵！别相信这个神圣

的生命之话语，因为它来自死亡那黑色的喉管。且正对你的死亡言说。

"在你还活着的时候，能得到造物主之话语的暗示机会微乎其微。"

图埃塔拉比说过："我听到了辽远的造物主之声。于是我身不由己地步入死亡。"

所有这些无颈之头。

所有这些无肩之颈。

所有这些无躯之肩。

所有这些无肺之躯。

所有这些无腹之肺。

所有这些无腿之腰。

所有这些无脚之腿。

所有这些无地之脚。

所有这些无题之书。

所有这些无纸之题。

所有这些无句之纸。

所有这些无词之句。

所有这些无字之词。

所有这些无墨之字。

所有这些无夜之墨。

所有这些无眠之夜。

……这不再醒来的长眠。

……这没有太阳的苏醒。

阿亚德拉比说："荒漠若不是一个系统性的考验，若不是每日死亡中的死亡，它又是什么？"

于凯尔说："它是我们低垂之头和无力之肩的孤独。是我们破碎的躯干和双肺的孤独。是我们折断之腰和麻痹之腿的孤独。是我们的清晨和黑夜的孤独。是我们无脸之双眼和无臂之双手的孤独。是我们的语言和我们的书的孤独。

"呵，萨拉，躯体的碎片是否还知道它曾经是一个躯体？它是否还想让分散的各部分重新各就各位？它还能想出什么办法来实现这一目标？哪一部分躯体还有能力发起这一行动？

"统一不过是意欲联合的热望，而一统则仅仅是拣选易断裂的碎片。

"唯有荒漠——或许是因为这个后世就像宇宙肌体里尚未发作的恶性肿瘤，它是一切终结的终结，尽管重生却仍难逃一死——也只有荒漠能够对抗天空，对抗苍穹的虚空——如同我们必须全力对抗把我们还给阴影的光，如同我们必须全力对抗把我们还给黎明的黑夜——从一条地平线到另一条地平线，那是我们与死亡至为重要的联系。"

"还有什么能比死亡更蛮横？"埃里亚姆拉比问他的老师萨阿达拉比。

老师回答他说："或许只有后死亡，那是我们的缺席肆无忌惮的未来，我们对此很是担心。"

他说："从我们的荒漠中复苏的荒漠永远广袤无边。

"呵，死亡之后的死亡。

"呵，火焰之前的大火。

"或许，对于烧毁的书，荒漠不过是一个终极的相似物，在其永恒
中，每粒沙子都会在凝固的瞬间各就其位。"

第二次审判

这场没有被告的官司是怎么发生的？在荒漠中，法官们面对着他们的最终裁决，面对着他们自己，也只有他们自己——他们是撤到荒漠中来的。

其中一位——他在对谁讲话呢？——说道：我以那本书的名义做出了裁决，可我再也搞不清楚一本书是怎么回事。

另一位——他打算为谁说这番话呢？——说道：我以神圣真理的名义做出了裁决，可我再也搞不清楚真理是怎么回事。

第三位——这份发言要送给谁呢？——说道：我做出了裁决，因为我是犹太人，一个说出了卑劣言语的犹太人，可我再也搞不清楚做个犹太人是怎么回事。

第四位——他在代表谁说呢？——说道：我做出了裁决，由于这份裁决，我变成了贱民。

在蓝天和黄沙之间，他们这样不着边际、絮絮叨叨了多长时间？但愿他们记忆减退，老眼昏花。黑暗即空无的应许——我们难道还不知道么？

一本书和另一本书之间存在着一个无垠的荒漠，里面充斥着思想和救世主降临的希望、梦想、悔恨、祈祷、悲苦或爱情的呼唤，充斥着死去的字母。

如今这个时刻到了——对我们同样如此——我们要与沉默进行较量，与所有那些曾在我们内心中说过、做过和永远缄默的一切进行较量。

一本书永远在靠近和延展着一本若隐若现的书。

别试图阅读荒漠。在那儿，你会发现所有书都遁迹于其词语的尘埃中。

（书的时间即相似的时间。

我们一直生活在每个话语的这一时间里。

书的终结或许就是时间的终结。）

第三卷

不可磨灭 · 不能察觉

无穷无尽的最后之书，不可磨灭，不能察觉，它先于其他一切到来，犹如将黑暗逐出自己领域的光，犹如永不会被光所削弱的黑暗……

你能感知与你一同消失之物。但难以把握比你久长之物。

我见到他人所不曾见。

我听到他人所不曾闻。

——你见到了什么？

你听到了什么？

——我见到大地裂成两半。从它黑色的脏腑中
蹿出一道烈焰，吞噬着一本本被当作食物扔给它
的书。

我听到每一片纸页在呻吟，听到被命运吓蒙的
字词们在呼号。

——你还见到了什么？

你还听到了什么？

——我见到地下的烈火从中间一分为二，在
空中化作一本任何目光都无法凝视的巨书：最后
之书。

……无法凝视，因为还能有比火焰更敏捷的目
光么？

（能够思索死亡的死亡可能会想象某一种比它自身更像死亡的死亡。

"我们无权声索灵魂，但我们仍这么做了，而且逃脱了惩罚。"

——巴萨尔拉比

哈希姆拉比曾说："笔将虚空变作字词，犹如用真空泵把电灯泡抽成真空，好让它在黑夜发光。

"我们在书写，并被每个词语照亮。"

他又接着说道："书写的纸页中，光如此之多，如果从外部也能得见，无疑连天空都会嫉羡。

"真希望我自己不会失明，能够忍受我为之排列符号的这炫目之光。

"失明意味着失去书。"

达亚尔拉比对弟子说道："请接受我的书吧。按理说它属于你。可能有一天，你会觉得它有负于你的激情，反之，或许我也能得知你是否配得上它。"）

他说："人只为第一个瞬间负责。造物主负责第二个。"

寻觅门槛

对教诲你确信的人，你无须苛责他的方法，只需指出他的武断。

*

"我和我获得名字的那个瞬间暌隔了几多世纪，
这么长时间，如今才把我失去的、遗忘的名字交还
给我，而我早已不知我生于何时，又死在何方。"

——萨迪姆拉比

门槛或许就是死亡。

一条路在他面前蜿蜒：始终是同一条路。

他觉得自己从未离开过这条路。

他果真从未在任何地方居住过么？

一些缺席的名字在他的记忆中轰鸣：城市、村庄、国家、荒漠。

埃希纳拉比不是说过"我住在居无定所的造物主之中"么？

他不再问自己为何总要这样长时间跋涉。

他觉得门槛依稀可见，而且他用作护身符的地平线不过是被翻过去的永恒之一页，在那儿，虚空正在蹂躏虚空。

（……唯一为他长着一张脸的那个女人在他经过的时候定格了，他于是明白了，自此词语都会镌刻在已然孤独的密闭空间里。）

*

贝拉哈拉比曾经写道："满篇字迹的纸页就像黎明——它要度过一整天——而黎明一旦露面便再也无人问津。

"……它又像黑夜，虽然背对黑暗，却依旧与黑夜形影不离。"

造物主宠爱的造物

她们在哀怨。求造物主庇佑。总共五个。

其中一个首先开口："主呵，你无论在哪儿我都如影随形，难道我不是你的专宠么？"

第二个说道："主呵，你的光指引我开辟道路，难道我不是你的专宠么？"

第三个说道："主呵，我的爱之话语是你之话语的阴柔回声，难道我不是你的专宠么？"

第四个说道："主呵，我的沉默，那一袭柔软的亚麻衣裳，是从你的沉默中剪裁的，难道我不是你的专宠么？"

第五个缄默着。经过再三催问她为何如此无动于衷，她答道：

——哪种影子能够移动纯然是光的那一位？又有哪种光能引诱没有影子的那一位？

然后，与其是说给竞争对手听，更像是说给自己听，她又说道：

——那一位既已驱逐了话语，我们还能指望得到什么样的话语呢？那个人既已超越了沉默，我们还能希冀得到什么样的沉默呢？

贾巴尔拉比写道："那个年轻人就是在这本书里发现了世界的脸。

"不久后，又是在这本书里，他凝视着他爱人的脸。

"中年时，还是在这本书里，他为生命和死亡诊脉。

"老年时，依旧在这本书里，他无意中发现了自己的名字。"

达乌德拉比说："我们走向一张脸，想出其不意当场抓住死亡的差错。

"所以，我们常在死亡前死去。"

——是哪种死亡，达乌德拉比？

——是墙的死亡，是墙之噩梦的死亡。

他又接着说道：

——……是石头的死亡，尘灰自以为能支撑住那些石头屹立不倒。而那些石头无非是平衡的奇迹，它们的无限之梦与大海中盐粒的破碎之梦相连。

海岸！大地拥有时间，可水曾有过时间么？

时间的永恒与永恒拒绝的时间相连。我们与虚空、与死亡的关系同样如此。

托柏拉比说："死亡的声音与大海的声音如出一辙。

"作为岛民，我们离不开它。"

拉哈克拉比说："我们游呵，游呵，从一个码头游向另一个码头，最后与死亡融为一体。"

那孩子说："主呵，我难道不是你无知的映像么？你的专宠是不是应该分惠给那些除却变化两手空空的造物？"

听到他讲话的那个拉比说道："大海知道它生来就只是大海么？宇宙知道它只有宇宙作为保证人么？"

渡河·脸

一

（每个话语都有一个话语为其宿命。

"可读却难以辨读。

"可闻却难以听闻。

"呵，你究竟能不能读到我？

"呵，你究竟能不能听到我一次？"萨姆哈拉比这样写道。而阿尔蒂埃尔拉比说："甚至没有全名。甚至没有可辨识的声音：只勉强有个被蛮横追索的沉默。

"我永远都不会出现在你们的唇上，也不会出现在你们温润的口中。

"呵，亲人们，呵，同胞们，我永远都不会出现在你们的记忆里。

　　　　　　　"然而我在。而且我随即将死于这岌岌可危的
　　　　　生命，死于在一张梦魂萦回的脸中追索的同一飞逝
　　　　　的瞬间。")

　　他曾经写道："书在任何时候都不会提到那张脸。至多也就能谈谈
渡河。

　　"它提到那个流浪者，那个希伯来人，他的名字叫作渡河者①，就像
它提到那名字的荒漠在祖辈的语言中也是话语之地的意思。

　　"因此我的书是犹太人的书。"

　　　　　　　　　　　　　二

　　　　　以分离求联合：联盟无数。

　　　　　　萨利拉比写道："我们就像乖戾的渔夫，只用
　　　　　一堆理智编织的网便想捕获宇宙。
　　　　　　"无限中遍布无用、粗糙的结。"

---

① 　渡河者（passeur），据《旧约·创世记》第十二章第七节，亚伯拉罕带领他的族人来
到上帝应许给他们的土地——迦南，原先居住在迦南的当地人称来自幼发拉底河畔的亚伯
拉罕一族为"希伯来人"（Hébreu），"希伯来"的词义为"另一方"，"希伯来人"即"从
河的另一边来的人"的意思。

塔莱伯拉比写道："你以为划一道横杠就能删除词语。难道你不知道那横杠是透明的么？

"并非是笔在删除那个词语，而是眼睛的阅读在删除该词语。"

纳乌米拉比说："话语只能在白昼成长。它犹如一只鸟儿，其影子便是书写。"

哈莱德拉比对此回应说："那么，书写便是话语的证明，就像影子在任何时候都是光的证明。"

他又接着说道："我们能回想起来的白昼，哪一个不首先是排他的夜呢？"

我的书有赖于那些虚构人物的片言只语：他们的安全没有保证，因此在面对死亡时他们只能指望自己——还是指望我？但这仅仅是个关于指望的问题么？

他们指望自己的说辞存在，这等于什么都靠不住。

他们不牵涉任何权威，亦不宣称发现了真理，他们只主张一件事，那就是真理不断地在追问自身，因此他们无法追求安全，也无法求得任何帮助。

这些书有着某种发表意见的心声，它们从不专横，既无威慑力也无说服力，它们不比其他任何话语更相信自己。

这些能称之为书的书被钉在了四条天际线上，它们的句子划出了一道道空间，如鲜血涓涓流淌……

（阿斯菲拉比说："宇宙以鲜血哺育给它命名的词语。"

他又补充道："黎明和黄昏或许就是词语的两极。"

有人问他："可二者之间——黎明和黄昏之间——是什么？"

阿斯菲拉比答道："二者之间当然是痛苦绵绵无绝期的昼与夜。"）

时间之外是书之序幕的时间。因此任何开端都会有一个始料不及的起始，一个被回声窒息的回声。

可读性——书的可读性——依赖于时间——书的时间。

唯有水能托起水。

萨拉说："或许海洋仅仅是一粒陷入悲痛的盐，世上所有的水都为其喟叹。"

（纳乌阿博拉比写道："我们即便不知道真理是什么，至少也应该知道真理在哪儿吧？"

……有时门徒的问题会将老师暴露出来。

索德拉比写道："门徒使老师成为必要。"）

梅蒂德拉比曾经写过："永恒是无法阅读的。阅读无限，无非是在我们指望字词的时间里读到时间的解体。"

三

萨塔尔拉比写道："沙抵御时间及其直接的可读性。

"白上之白即人身上的造物主之书。沙上之沙即造物主身上的人之书。"

于凯尔说："城市里的各个地方都有书拔地而起，它们是用混凝土和石头、按照预设的程序建造的。而我仍在徒劳地寻找我的书。"

萨拉说："我们永远无法有个家。"

于凯尔说："天黑了。我眼前的一座建筑里，你当时双肘正支在亮灯的窗沿上。"

萨拉说："我们完全有可能就在这本书里。"

于凯尔说："当时我正打算去房间里找你，可瞬间被数不清的和你相同的脸包围，我就不知何去何从了。"

萨拉说："我们完全有可能在所有这些书里。"

于凯尔说："在再也无书之处，哪一本书有可能是我们的？"

萨拉说："或许是第一本之前的书，是最后一本之后的书；或许是那本所有的书都在其中形成和消亡的书。"

"无限如一本书一样展开，而内里却一切空白。"阿尔瓦博拉比不是这样写过么？

四

（萨尔达拉比写道："每张脸都是造物主的一次折磨，它都指向那个源头、那个圣名：复归的最初阅读。

"Yahveh 和 Ehjeh 这两个名字都是造物主公开的名字，为的是隐藏起他的原名 Ehvy。"

阿里亚斯拉比说："Ehvy，溶解于那个圣名中的溶解之名。"）

以可能成为一切的方式去化为虚无。

水源丰沛，不增焦渴。

终极的序曲

　　希亚米拉比写道:"要学着像大海那样注视词语,因为大海是词语的首个字词,就像亚当对我们而言是第一个男人一样。"

　　他曾经写道:"……一切始于大海,当时,我站在一块突兀于海中的礁石上,凝视着阳光下惬意自适的大海,它正与宛如长剑的万道金光嬉戏,以黑暗——那是它自己的秘密——来对抗光明——那是它自己的热狂。

　　"一切始于大海,在它意味深长而凝重的沉默中,在它波光粼粼的话语中,在它时隐时现的搏击中,在它隐约可辨的片语私言中,我对它全神贯注。

　　"平静的海面先是涟漪迭起,随后骤现出巨大的深洞,大海从深洞中立起身来,它变形了,对世界和它自己面露狰狞,它撕扯着自己,似乎怒吼着把自己的灵魂和液态的躯体喷射出去:这便是我笔下出现的那些景象,那个盐灼的海洋,它始终狂傲不已,从未被驯服过。这些词语来自另一个词汇表，意想不到又不可胜数，太过沉重，太过局促。还有那被吞下去的沉默的苍穹，我还亏欠着它各种无尽的色彩。

"我关注大海，犹如关注一个未竟故事的收官，虚空中，那故事的广袤凝固了我的手——爱情中，我不也常常如此么？——我合上双眼，想融入其中。"

他的门徒说："我们就是这样明白了宇宙是如何进入书中去的。"

*

她曾经说过："你看，词语是如何在大海中粉身碎骨的。我们最后的目光是水面，是表象……"

他曾经说过："《问题之书》第七卷就是这道目光之书。"

*

（阿索德拉比问道："这些向我们隐藏起书之界限的云彩是怎么回事？"

"……它们像是云彩，阿索德拉比，"法赫德拉比回答说，"似云却并非来自天上，而是烟雾……"

他又接着说道：

——当黑夜重归澄澈，你看不到星光闪烁，而只能看到我们那些死难者从眼眶中生出的眼睛。

在他们的瞳孔中，宇宙与他们一同燃烧。

拉努瓦尔拉比说："永恒者，乃无辜者之死。"

他们这些人的老师拉万拉比不是这样写过么："永恒，无论在我们生前还是身后，都不过是痛苦中消陨和重生的时间：是无名者骨灰中辨认出的灰烬。"）

大海是否曾在沙滩上徘徊辗转，久久不去？无疑，它的悲苦多过失望，然后，随着光线暗淡，它是否会与白昼一同消散？

我拼命奔跑，想追上太阳，抵达时，急性子的黑暗早已准备停当，将我当作一道影子接收了下来。

*

"你可以数出我额头上有多少道皱纹，"拉德比拉比说，"但我灵魂中的皱纹是数不出来的：呵，那是比深海之蓝更蓝的沟壑。"

达巴德拉比说：

> 为了那执着的目光
>
> 每次都有一条天际线。
>
> 呵，黑夜，万物的奥秘。
>
> 律法脚下的太阳，

清晨时没有土地也没有影子，

黄昏时却迸发出万道光芒。

律法的宁静。造物主无皱纹。

人不在律法的此端便在彼端：他浮游于疑惑的漩涡当中，所到之处犹如一只海鸥，面对自己，面对海洋。

"只要还有一个问题无解，所有的问题便俱不足信。"

——萨尔萨尔拉比

前门槛之前

……这道门槛本有可能凭直觉引导我们走向那道门槛，就像明亮的河岸会引导我们走向雾锁烟笼的河岸。

*

　　每个夜晚都是黎明的承诺。

　　每道曙光都是夜晚的伤口。

　　他说:"我已经在你们信仰的边缘四周烙下了
我拒绝归属于任何形式的强权、集团、党派的印
记,因为我既是问题的鲜活的过去,又是问题的无
畏的未来。"

　　他又补充道:"不要因为神圣文本为献身于此
的人赋予的权力而飘飘然,因为你们将死于自身,
而非死于那个文本。"

*

一个犹太人在言说自己的年龄时应笼统地加上五千岁。

哈拉特拉比写道："我的声音如此沧桑，我坚信它已历练万年。"

他又补充道："一个没有话语的声音。"

塔尔哈拉比曾经写道："除了学习虚无以外，你在我这儿学不到任何其他东西。"

加博拉比说："我不是始终俯身书卷，期待那个谜底出现么？那个谜面，虽然每个字词都在传递，可迄今未曾破译。"

巴尔萨拉比说："那个关键词向虚空开放，而非向词语开放。"

他又补充道："或许，那个谜底便是造物主。

"这就是为何所有书都是某个缺失的词语在其上书写的空间。

"所以，每当我们自以为迈入一个好客之家的门槛时，却因为遭到背叛而陷入空无。"

但拉马特拉比却写道：

"空无拒绝一切阅读。

"我们字词的对面，是盲人与生俱来的绝望。"

*

雅斯利拉比的公开表态深深震撼了听众，他说："问题不在于造物主是否存在。

"即便我相信造物主存在，也无从证明他一定存在。

"不相信他存在，也不能证明他不存在。

"我们之所以能想象造物主，是因为我们有能力构思他并使我们沉溺于自己发明的深渊。

"造物主始终难以企及，他固守于自己的奥秘当中，并受其秘密保护。"

他又接着说道："奥秘和秘密无非是一个被认可的词语和一组被拒绝的音素之间那令人疑惑的距离。"

墙的内外

> ……话语中，这堵透明的墙将有待言说的沉默部分与几乎未及言毕就被沉默收回去的沉默部分隔绝开来。

一

玛希利亚赫拉比写道："一边是智慧，另一边是疯狂。

"因此，转到左侧我便是智者，若转到右侧，我马上就变成了疯子。"

不过阿鲁斯拉比却回答说："会不会一侧是白昼，另一侧是黑夜呢？

"智者把自己当作智者时尤其显得疯狂，而疯子把自己当作疯子时倒显得很像个智者。"

奥扎尔拉比则总结道："自以为能以智者的语言向智慧言说即是疯

子。我们不可能把回声送归回声。

"如同心跳的回波，心灵之路是不可分的。

"同样，创世之路也不可分。"

尼达姆拉比说曾经有过两种果子：一种是大地想要的，另一种是见不到的，它们都是上天的骄傲。

"第一种果子使人堕落，第二种果子使造物主堕落。"

只有思想的潮起潮落永不停歇。

意识与无意识：唯一的海洋。

醒与睡：神和人的同一种能量。

语言保证其生命力。

玛奈赫拉比曾经写道："我对每个字词都抬眼望去并垂下眼睑，如同在生活中那样。这就是为何我在阅读那本书时从无间断。文本时而罩住自己，让我在黑暗中备受蒙蔽，时而又一丝不挂，令我目眩神迷。"

最初和最后的话语是地平线的话语。

它们相互碰触时，宇宙便不再分裂。

*

萨拉说："果子并非采自树上，而是采自我们唇边。

"一天夜里，树被点燃了，从此，我们口中只会嘟囔出满是灰烬的音节。

"含混不清。"

于凯尔说："那只果子，萨拉，你咬过的地方是一个盟约。嘴里的那一部分，你咂摸一下滋味吧。拿在手中的那一部分，依旧是未满足之欲望的目标。"

萨拉说："宇宙的所有大火都在那只果子里。呵，于凯尔，我们是那棵烧焦的树么？我们不可能是礼物。"

于凯尔说："萨拉，我们便是那大火。大火庇护大火，就像大海庇护大海……"

他又补充道："……犹如喃喃低语的海洋有波浪滔天的海洋庇护，犹如飘荡之烟有地狱之烟庇护……"

*

书的话语中，往昔和未来无从辨别。

往昔即便不完全属于自己，也是未来的储蓄，而未来则大手大脚消费往昔。

*

他们说："你从书到书发展而来的这套怪诞独白是怎么回事？它全然罔顾其他论点。我们本想介入进来打断你的自言自语，可你对我们的态度又让我们打消了这个念头。"

他说："谁在我讲话之处讲话？什么字词能镇得住书中之书？"

他们说："我们常听到你念叨我们的名字，并且用一些来路不明的句子插入这一空间；虽说你对外界的干预抱有病态的敌意，我们怎么竟能把如此海量的词语轻而易举地瞬间装满你的灵魂？

"你认为属于我们的那些引文依旧没有出处。"

他说："书如果不能从沉默中发掘这些必要的话语，它还能记得什么？那是书在书中的一些难以表述的话语。"

他们说："你都援引了哪些书？你抵达了哪道门槛？"

他说："我抵达了前门槛之前，这儿早已不是荒漠，但尚未成为绿洲。

"借书获得拯救，不过是希望借那本书获得拯救的一种永恒的焦渴，可那本书是不包括那些书的。"

（阿加姆拉比写道："若干世纪以来，我们始终漂泊在沙的记忆当中。

"沙漠借助于沙漠追溯我们的历史。"

于凯尔说："我们每行走一步，都从书中培养出一个词语。

"我们的故事写在所有书的故事当中。"

他又接着说道："我们的故事写在世界的故事当中，我们并非总需要去读，因为我们才是那几个有助于阅读的关键字词——是涉及伤口、反抗和希望的那几个字词。

"拉米亚尔拉比不是这样解释过么：'当他们读遍了所有书以后，最终还须阅读我们。'"）

二

"他们向前走去，要在那张厚重、打蜡的木桌四周找到为自己预留的一席之地。

"他们过去从未谋面，却知道早晚有一天他们会比邻而坐。

"他们是何许人？他们从何处来？

"这就像我们小时候玩的纸剪影，他们看似是从努力要去面对的沉默中剪下来的。

"他们的行动轻柔而慎重。他们的目光热切。

"在这个简朴、深藏、像水一样封闭自我的场域里，他们肯定已抵达灵魂的谷底。

"于是他们从丝绸书签标示出的停顿处——何时停顿的？——重启对书的诘问，他们民族数千年的历史就记述在那本书中。

"在字里行间，在零星的碎片中，他们在某种几乎不为人察觉、交织着恐惧的焦虑中破译着自己，有如他们的父辈在他们的祖辈之后的所作所为，有如他们的全部男性后裔很可能也将要做的那样，直至时间终结……"

索洛赫拉比大声说道："这段话出自《我们的岁月之书》，它绝不仅仅是陈年逸事。呵，朋友们，我把这段话送给你们思考。你们能从中找到可以长期滋养自己心灵的东西。没有种子的地方，自然也没有枝干，没有果实。可种子就在你们心中。它将在你们的心之田野里发芽，葳蕤生长……"

他又补充道："虚空的大厦被建造在诸多层面上。问题不在于知道自己处于第几层，而在于我们能够抵达哪一层，因为书的平台之间所需攀登的台阶无数，就像到达那个门槛之前要迈过不止一道门槛一样。"

前门槛

贝代尔拉比曾经写道："我们永远无法完完全全打破我们的联结。那些我们无法解除的关系——看似微不足道——实则是我们在打破锁链时形成的锁链。"

他在其他地方也说过："呵，永恒将虚空那无形的绳索在我们顺从的脖颈四周缠了又缠。

"再也没有足够的空气供书呼吸。"

卡布尔拉比写道："人与死亡结成了一对典型的情侣。

"半是永恒，半是凡人。"

萨拉曾经写过："呵，于凯尔，你拥抱我时，我觉得我们的影子也拥抱在一起，无比缱绻。

"所以，我信任死亡。"

图纳拉比说："锁链如此之多，由字词将其连接。

"我们不再书写。我们强化与死亡之间的联系。"

他也说过："孤独或许意味着我们只能无休止地面对锁链。"

亚尔拉比写道："书是不是就像由书写坐镇指挥的一场放大了的孤独——字词的孤独与人的孤独——之间的冲突？

"无论你做什么，无论你去哪儿，书都是你的未来，而左右对应的书页就是你的双肺。"

给书许可

一

从属于那个本质上拒绝一切属性的东西——普遍性：此即犹太人的天命——洒脱地成为犹太人。

于凯尔写道："做个犹太人意味着什么？我尝试着从个人角度来回答：那意味着他是这个问题的提问对象，他默默地向自己问着同样的问题。"

二

他曾经评论道："当我们喋喋不休地说书写是不可能的时候，还要继续书写么？

"或者说，我们是不是要抗拒这种不可能，让自己确信书写永远是可能的，即便是在那些已被证明书写是不可能的地方？"

有人回答他说："问题不在于将自己固守在书写的不可能性之后而仅仅去书写这种不可能，恰恰相反，是要将这种不可能推向极致，直至出现书写是可能的这样一种幻觉——因为没有任何一种东西不是此前就已被反复书写过了的。"

三

给书许可——犹如我们屈从或反抗沉默。

书映射出我们，它是双面镜：它也映射镜子。

他说："奔向源头，意味着步入未来，意味着在未来的荒漠中为每处干涸的水源地喷出一眼慷慨的泉水。"

四

他说："空白——颜色中缺席的颜色——如此咄咄逼人，字词为了能被阅读，便从一个个音节到一个个字母向空白正面发起出击，但它们都是各自为战，从未联合作战。"

"书写的策略。"

空白书页的暴烈，因其处于沉默中而愈加难以遏制。

书的反抗每一次都很震撼。

每一次出生都会打破它必须与之厮杀到底的最初的沉默。

所以，永恒或许就是时间流逝中的那个缄默的、没有穷尽的时间。

有人说，沉默是人和字词内心中的天空，还说，人和字词正是借这个隐秘的空间才得以生长。

因此，我们只有寄身其中，才能阅读他们。

在回声的瓦砾上建造世界的企图早就破灭了。

正是在那了无遮拦的地平线上，最后的期限遽然显现出轮廓。

书写至死，或许意味着我们早已猜到身后再不会有那本所有书写都要聆听的最后之书了。

门　槛

苏尼拉比问："书有门槛么？"

"问题好可笑，"达布斯拉比回答他，"在前往无限之路上不妨设置一个……"

巴胡姆拉比说：

——虚无有门槛么？

阿萨迪亚拉比说：

——每个话语难道不都是门槛的话语么？

苏夫拉比说：

——门槛不就是我们的水井么？

"以唾液喷日。以流泉御沙。

"无功德之死。悲惨的死亡。"

——达法拉比

达乌姆拉比问："何种孤独能与石头的孤独

相比？"

福达拉比回答说："我便是这块石头。我便是这块贫瘠的石头的孤独。"

"颗粒接着颗粒。沙丘连着沙丘。"

——福拉拉比

"无眠的空无。"

——尼姆拉比

"造物主是死亡的奇迹。"

——阿克拉拉比

最后之书的前世

最后之书是造物主之书。如果人能写就，对人而言就是开天辟地第一书。

于是就会有书接踵而至，声称自己是最后之书。

我们永远都看不到那部最后之书。或许由于我们始终对它略知一二？
对造物主也是如此。

你没有写你所知道的，而是在写你不知道自己曾经知道的，所以你会毫不吃惊地发现其实你早已知道了些什么。
就像我们知道死亡即是终结或几个小时以后就会天亮一样。
总之，就像你在记忆中发掘那最偏远的往昔，而那往昔原本就是你的过去一样。

慷慨的记忆！遗忘，也如出一辙，成了未来的保证。

往昔是冷漠的固着。来日则是未经勘验的衬料。

拉法特拉比说："诗人发现。学者再发现。
"所有再发现无非是对遗忘的不懈征服。"

遗忘是距离最近的界碑。所以，未来为创造者划界，为的是对创造进行更新的同时使之永续。

有待发现之物被那些可能永世不见天日之物压弯了腰。

他曾经写道："如果永恒在我们身后，那是因为未来只是一个由瞬间揭示的令人生畏或知其所以然的过去。
"所以，任何成就都只能是认知自我。"

直觉是一块薄面纱，在欲望的溃口前节节退让。

呵，就让眼睛充满疑忌地合上吧。所有知识都在我们的瞳孔之后。

扎拉尔拉比曾经解释说："看见，意味着把见到的东西与丰富我们的知识相连。"

哈亚特拉比说："没有任何发现不是源于我们曾有的刚愎念头。

"这个念头使用了正确的方法，它是发现的肇始。"

朗扎拉比写道："已创造的，相似于即将存在的。

"书在前。造物主在前。宇宙在前。造物在前。每个清晨都如此教诲我们。"

造物主的赌注便是相似的赌注。

力促相似成为非相似，并借该非相似定义我们的相似。

因此，"我像谁？"这句话可能会同时成为人向造物主、向其平庸的兄弟们提出的基本问题。

玛阿德拉比曾经写道："我们每个人的内心里都存在着一个造物主的敌手，其与生俱来的轻狂野心总想强力介入我们的精神。"

　　埃兹利拉比说："造物主正是借精神奴役我们的。"

　　阿颂拉比说："造物主的思想把我们的思想提升得如此之高，以至于我们的思想对思考已经心有余而力不足。

　　"对我们来说，摆脱造物主的办法就是剪去思想的翅膀，让它抓住我们上衣的后襟。"

　　轮到巴胡尔拉比时，他写道："造物主的想法不就是思想的某种厚颜狂妄么？不就是一堵傲慢睥睨的围墙么？它犹如专横的非思想向我们的思想发起的挑战，而我们的思维却如网上蜘蛛，纠缠在自己的丝网中。

　　"造物主不独操纵我们的感情，更操纵我们的理智。"

　　拉盖拉比不是这样写过么："我们的天空便是我们的大地。我们思考时，眼睛总瞅着地面。"

　　加拉博拉比说："思想——那亮晶晶的蚕——是蝴蝶的幼虫。它是自己宇宙的主人，总把自己密闭其中。思想者的铁面责任便是在它即将破茧而出、将己身托付自杀性的飞翔前夕，将其扼杀在自己的茧里。"

喜欢重复的拉博德拉比说："创造财富的是那只毛虫，永远不会是那只蝴蝶。"

巴阿迪拉比曾经解释说："界限生成界限。深渊中，一切创造都无用武之地。"

造物主死于自己箭下。箭靶的复仇！

论分心 · 论空白

夜不过是光在漫长之旅中的茫茫空间。

一

……这种分心的责任或许不在作家，而应归咎于书。

词语分心。它们常在中途撇下我们。

不管有没有道理，苏阿希拉比是这样解释的：死亡不过是生命的一次荒唐的分心，唉！对我们却是宿命。

一部部书在远离海岸的地方沉没，犹如暴风雨拍击下的一条条简陋的小艇。

由于分心的缘故，空白处于无色当中。色彩非得聚精会神才能冷不丁地发现空白。

阿希亚斯拉比写道："空白让人无法忍受，那是门槛——书页——的颜色，也是裹尸布——同一书页——的颜色。"

他又补充道："或许因为分心，我没有步入书中。或许因为用心，我没有留下痕迹。或许在朦胧中，我被空白吸引？无论哪种情形，书显然都念念不忘要毁灭我。"

荒漠边缘，几多书在冒失旅人的迷茫目光中相继陨灭：无论稚气的挑战之书，抑或无尽的悲凉之书。

死亡的临近大大拓宽了我们的视野，死亡也得以凝聚起冗余的目光。

宇宙无非是一片扁平的沙之疆域。

荒漠是最后一步。

有时，纸页满是空白，只因为语言无能，也因人的无能——没有能力通过口语或书面语在两个场域或非场域之间选择其自己的字词。

……是无能，或者是——谁知道呢？——心不在焉。

有人说，造物主一时走神，才让那本书掉进了人之书中。这种情形屡有发生。

这部书，这部在任何作品中都三缄其口的书，莫非就是那部以其清一色的空白征服了所有符号并使每个字词都脱胎换骨的书么？

二

（我们应当能走到相似的终点——或制造一个终点——然而……

大海与大海相似么？荒漠与荒漠相似么？

对黑夜而言，黑夜永远意味着黎明的希望。

清晨期待和回应着多少黑夜的吁求、梦想和欲望呵！

呵，随着远山朦胧透出的白色，光在升腾。

最终，是洁白无瑕的最后的曙光。

在空白话语震耳欲聋的狂暴声中，造物主被言说。

空白中，犹如面对无限，任何言语都无法持久。除却沉默，因为一切均已言说殆尽。

空白吞噬了书。）

三

萨拉说："血从不识得白色。"

四

重新排列组合语言中的所有词语所构成的并不是一部书，而是无数的书，这些书想要对抗的那本书根本不把它们放在眼里。

我们能和天空、深渊、无限对抗么？
我们只是自己的脚步。我们只是狭隘宇宙间的一己字词而已。

拥抱书，意味着破除所有疆界，好在没有一个词语能跟随我们如此之远。

阿里夫拉比写道："把所有的书合而为一，你就将统领所有深渊。"

书与书鏖战，以成为唯一的书。这是相似的词语与不相似的词语之间不平等的战斗。

在死亡统治下学会阅读。抛弃掉我们的交互阅读。

用拯救出的书制作出我们的书。

造物主的含义无非是至高无上的牺牲。

（我听着水声之上沉睡的浪涛那单调的声音。一会儿，它们将在风的吹拂下苏醒。呵，暴风雨之夜，流火的季节，湿热伴着天上的凶兆，在昏昏欲睡的大地那白茫茫的两极之上，警觉的海鸥早已识破那凶兆，它们正呼唤世界见证它们征服了用其伸展的双翼热切标出韵节的看不见的文本。

所有这一切便是永恒之前的巨大天罚。我对此始终心知肚明。不管怎么说，至少从第一本书直到这一本书，每一次它们都把我引向安全的港口——那是何等的奇迹呵？——并使我对那一天心生畏惧，害怕它有朝一日会渐行渐远，远遁到时间之外，害怕它有朝一日像我一样毫无价值，害怕它一旦知道自己前途无望，会在沉陷之前撞向虚空，把自己撞得粉身碎骨……）

阿卜维拉比说："书之外，是那本被人追赶的书所遗留的虚空。
"那所有的场域着实堪怜！"

五

……那些被不断书写于此的东西只能书写在我无法保证的某种往昔当中；那是某种持续在场乃至最终断裂的往昔，但我无法将这一往昔置于时间之内，因为我既无记忆又无话语，而在我还想有所作为的地方，困难却越来越多，时间无多。我周遭的一切死寂静止。这种静止重过铅坠，轻过空气，迫不及待地想僵化我的躯体，凝固我的灵魂……

巴兰拉比说："我们拖着自己的生命，但死亡带走了我们。"

费德利拉比曾经教导我们说："谁敢面对面地凝视永恒？谁敢抬眼盯着那本书？

"我们总是在词语上被压垮。

"这本书从无敌手，尽管也有大量的思想作品——我们甚至可以步那本书之名的后尘欣慰地称其为书——但这些作品中的大部分都有这某种或精准或模糊的相似。

"因此，时间永远只能是永恒之时间的孤独，这种孤独唯有打碎时间后方能永远摆脱。"

未知省略了我们的议题。

假如我们的所思所想充其量只是某个待精思之思掉落的碎片，只是任何土地都拒绝认领的薄果皮，那又如何？

或许，造物主就是这只果子。

（尼达姆拉比的弟子们在背后议论他说，本来有两种果子，如同有两个世界：一种长在地上，由大地赐予；一种长在天上，由虚空吞噬。

第一种是人的毁灭，第二种是造物主的毁灭。

不过他们又说道，人只有在造物主之中才能毁灭，而造物主只有在他自己之中才能毁灭。他们就此得出结论说，作为思想的躯体和躯体的思想，造物主和造物同时是这只和另一只果子。

苏拉拉比不是早就这样写过么：

"每个果实中都有两只果子，每个话语中都有两种话语。

"毫无疑问，这就是嘴巴为何由两片嘴唇组成，因其功能不同：下嘴唇负责把话语引向造物主，而上嘴唇负责在地上与这些话语为伴。"

萨德拉拉比说："呵，兄弟们，字词之所以被扯得忽上忽下，不就是因为书中有天地，而句子被天地同时看中，因而只能悬停在虚空中么？不就是因为书原本是一张缄默的嘴，而两个贪婪而强势的世界在相互争抢么？

"所以，我们永远不会知道在这两个霸道的世界之间，我们的词语最终会花落谁家。"

但阿拉德拉比回答他说：

"或许是花落两家，或许仅仅归属于死亡，因
为死亡废止了一切欲求……"

而继续着有关果子之沉思的尼达姆拉比的弟子
们明白了，此前他们曾同时使用过的"赐予"和
"吞噬"这两个词，其实是同义词。）

六

"他这人总是心不在焉。"人们说起阿布拉米拉比时会这样评论他。
但他们是否明白他一门心思都放在了琢磨造物主那难解的含糊其词上？
除了他自己，又有谁能让他心不在焉呢？

心不在焉，最终超凡入圣。

他问道："分心与审慎之间有关系么？——分心是否既像审慎的潜
意识的避难所，同时又拥有对审慎的自由裁量权？

"总之，是否会有这样一种分心：一方面，它回避某些事物，对之视
若无睹，另一方面又惯于仅仅做一个行走于客观宇宙间的无耳目之躯？

"中立的胜利？"

分心也可能意味着某种对遗忘的强烈意愿、对某个秘密死心塌地的

屈从、对分享的某种拒绝，意味着因对思想之特性的猜忌而借某种专制强权对思想尚算适度的垄断——换言之，分心是终极的审慎，反过来它又要求我们每个人和每件事都同样严谨。

扎德拉比曾经写道："你自以为能在某个既定的整体中不受惩罚地扰乱任何一部分，却不知自己是受了对整体性之渴望的驱动。"

分心者蒙眬的目光暴露出他对掌控自己的分心力不从心。

希埃塔拉比写道："不要把造物主天生缺乏冲动视为分心，不要把他的分心视为冷淡，也不要把他的冷淡视为审慎的楷模。
"造物主是造物主的奴隶。"

假如空白仅仅是我们在空白与空白之间保持的精神上的距离，仅仅是从认可的缺席到匪夷所思的缺席之间无动于衷的通道，该当如何？
遗忘流入遗忘。

阿弗里拉比写道："你和我们一同漂泊，但我们哪个人看得出你不仅超越了所有国界，也在自己的内心漂泊？
"我们的双眼只记录他们的失败。"

对雷奥夫拉比强调的我们因混淆了神圣的昼与夜——那灿烂的白与炫目的黑——而表现出的可悲的分心，阿拉夫拉比回答说："白昼不就是升腾自黑暗的光么？而黑夜不就是光的黑暗卧榻么？我们是一个既警醒又沉睡的民族。只有在区分苏醒者与沉睡者、站立者与偃卧者时才能做出这种甄别，我承认我做不到。"

瓦迪什拉比说："在我们心中，造物主被造物主庇护。

"人呵！人！"

七

书页的轻率与书的无限含蓄起了冲突。

相互猜疑！字词怀疑书想让它们身败名裂，而书怀疑字词是使它成为碎片的罪魁祸首。

他说："书写会导致何种心不在焉？——首先就是忘记该如何自我表达。"

空白总会应答一个更靠谱的空白。

淡化痕迹上的椭圆，帮助它找回最初的空白。

我们终生会为一个透明的未来努力。

方 法

一

循序渐进，坚持不懈的重复。被死亡的逻辑折服。

敬重死亡。不用铁锹或镰刀，而用词语——词语是铁锹也是镰刀。
敬重坟墓，安放遗体——书和词语。

死亡烁闪的顶点。总有一颗星高悬于另一颗星之上。

虚空会是我们真正的束缚么？——但虚无如何能成为束缚？它甚至
都不是云彩、闪电、天体燃烧的轨迹，它只是空气，是混合空气与空
气、使它们分离和重聚的风。

他说："这是从目光到目光、从手到手、从话语到成为束缚的话语
的旅程。轻如空气。"

不仅仅是结，还有绳索。不仅仅是嘴，还有声音。不仅仅是支气管，还有呼吸。同样，不仅仅是书写，还有裂缝。不仅仅是桨，还有节奏。不仅仅是螺旋推进器，还有航迹。

这次，我们是不是照例要提起大海？身体从未如此完美结合。复合体——自生的——爱的运动——狂热与墓穴。多元与持续——在爱情自身。

鹰制定规则。海浪的记忆是一只鸟。

二

线条无法超越，除非它自身延长。

距离是内在的。不能表现，只能行走。

无矿藏，无植物，无动物。
呵，虚空盛大的婚礼！

在虚空中裁剪，一如修剪葡萄树，让每根枝条保留两到三个芽。

雅埃尔说："恋人们讨厌粗糙和凹凸之处，他们更喜欢将肉体和灵魂置于平滑之中，远离卧榻——因为他们相拥时太相似于一条不合理性的地平线了。"

她还说："在肉身之墓的最暗处因性而结合——钢铁之眼刺入圆睁之眼——恋人们在自己的墓穴中死去，崇高而赤裸。"

面孔与相貌渐次疏离，表情逃遁了。

固定面孔，化石页岩中的裂隙。
纸页忠实的结局。
钉子不是笔。

妥协的纯粹中保存着可靠性。

三

他曾经写道："……这种距离中的非距离，或许就是统一、平坦、苛刻求同、水平；归根结底，是融入单纯中的单纯。"

她曾经写道："对所有人而言，唯有线条可读。"

（海之马，是否应该给你们风中猎猎的鬃毛和花边的泡沫起一个迷人的绰号——浪涛？

既无光亮又不具魅力的劣马，你们早已去势，
被天空拒绝又被沙子驱赶。

昨日和明天都是你们同一个恶性循环的曲线，
你们逾出界限的界限，有着一大把疼痛的伤口……）

四

增长。逐渐减少。死亡已总结出自己的方法。此后，生命会千方百计地沿用此法。

（女人经男人而获得做母亲的权利，问题从追问中而获得强权。

答复因回答而死，犹如父母因子女而死。）

萨拉曾经写道："我们没疯，于凯尔，我们永远不会疯。那些疯了的人，像大白天里的车前灯，只有在我们的敌人中才作数。
"突然间，疯狂改换阵营。
"我们因相信幸福，相信人类的博爱，相信爱情而疯狂。
"如今，在我们的街区里，家家户户都在厨房里准备了行凶的利刃，只要机会适合便会挥将起来。

"从此以后，我们被潜在的杀人犯们包围了。"写下这些话的时候，萨拉还不曾想到若干年以后，当她从集中营——从另一批刽子手的手中——回来的时候，她的精神已陷入空无，另外还有一个名词可以指代空无：疯狂。

苏阿尔拉比说："在一阵疯狂的发作中，造物主将解放光。在另一阵头脑清晰的时刻，他将解放黑暗，除非事情还能颠倒过来。"

品托拉比说："或许，疯狂无非是我们在追问黑暗时新出现的一缕难以忍受的光，或者是我们在追问光明时缺失的一丝黑暗。"

"爱情原谅正义对爱情的不信任。"

——卡姆里拉比

雅迪德拉比曾经解释说："若死亡如人所言是正义的，那么生命对正义而言就没有意义。"

他说："根源无非是莽撞或有预谋的一举成功，无非是夜间突现的一缕莫名的幽光。"

他又说道："死亡和生命之间是什么关系？——或许就是纽扣和扣眼之间的关系。

"就像我们节日里优雅地穿着新装步入永恒。"

或许，为了别太冒犯那生性羞涩的虚空，还应当蒙上面纱。

五

　　埃姆里拉比写道："尽管言过其实，但只有爱是正义的。爱从不会漠视，不会蔑视或仇恨。"但齐磊拉比答道："难道漠视、蔑视或仇恨不是屡屡因爱而起的么？除了说爱与爱人同样软弱或说正义与审判者同样软弱以外，我们还能得出什么结论呢？"他又接着说道："要提防正义自身的正义。"

　　"两位公正的人未必说法相同。"

——塞达拉比

　　"自由与生命存于我们激情的内心，存于我们理性的内心。对我们每个人而言，它们都是一项神圣的权利。那是睁开双眼审视我们梦中冥冥世界的权利，是孤独至死的权利。"

——尤素福拉比

　　"白昼为白昼辩护。黑夜为黑夜辩护。宇宙为二者辩护。"

——阿卡尔拉比

　　尤素福拉比总结道："……总之，那就是依我们的灵魂而生的权利，是依我们的差异而死的权利。"

阅读和以"你"相称

"……这个梦无非是大厦下的一块破碎的石头。"

——卡布里拉比

一

（加拉卜拉比说："阅读一本书时，若遇到那些以这种或那种方式打动你的东西时，要马上抄下来，甚至也包括那些无知者的笑话，因为在你所迁就的最无害的观察背后，也可能隐藏着会导致无可估量之后果的真相。"）

"我对这本书以'你'相称，这本书对我也以'你'相称。"

——萨德拉拉比

"我用以'你'相称的词语同造物主攀谈。造物主同样用这些词语对宇宙言说。"

——阿达尔拉比

于凯尔曾经写道："萨拉，正是在爱中，我们找到了以'你'相称这种温暖的和真正简约的字词。"

那个受伤的拉比讲述道："在燃烧着熊熊烈焰的犹太会堂里，正在崩塌的石块开始对其他石块以'你'相称，而每一句飞升的祈祷都为我们那些化作灰烬的书增添了第二双翅膀。"

阿斯科尔拉比曾评论道："多少个世纪以来，我们与死亡之间的关系就已如此亲密无间，所以死亡想识别我们，根本无须看我们的脸。"

二

巴克拉拉比曾经写道："思想无非是某些字词偶然的邂逅。词语消散之处，思想便即无存。

"所以，归根结底，思想意味着引导词语相互赏识，意味着暗中促成它们之间的因缘际会。

"思想只认可那些词语欢聚中最抢眼的点。"

他在别处也说过："我思想。我因思想而保持乐观。"

达穆恩拉比不是曾经这样写过么："思想，意味着神志清醒地走向死亡。而死亡也总会与我们在半途相会。"

三

纳伊姆拉比写道："我们与造物主的关系是书之间的某种交换：某种相互的劫夺。"

若干年后梅纳赫拉比又写道："造物主会希望他的书是唯一的么？如今，我觉得这件事有点儿荒唐，因为造物主不可能听任自己没有一个读者而不觉颜面尽失的。"

（因而完整地阅读一本书可能意味着代入一本不同的书——它与前者相仿，但别具自身特色——且常常由于手法上庶几乱真，甚至会被认作是原作的修改稿。须知，任何一位资深读者都有可能是一位未知的创造者。

同样，从这一层面去深入观察文本，书写则仅仅意味着阅读那些受命书写下来的东西。好像所有书的后面都有一本未知的书，它的存在是由最初的字词揭示的，这些字词前来与我们相会，帮助我们，急切地想弄清楚我们撞在上面而粉身碎骨的那块词语礁石究竟有何意义。那个词语是：死亡。

犹太人是否预感到对那本书的忠诚会激发他去创建另一部书，创建一部属于他自己的书？这样一部作品会不会把口碑良好且乐于成为造物主选民的他变成造物主危险的竞争者，变成造物主有意识或无意识的对手——或许会从有意识过渡到无意识——从其佯作谦恭的举止中，是否总会流露出某种压抑已久的野心？

顺从造物主，不就是想在造物主的作品中与造物主平起平坐么？）

……但是，也许造物主就是想彻底丢脸才把他的书传给我们的。既然如此，我们也只能选择在造物主之书的昏暗边缘去苦读我们自己的书。

在书的合法性中质询漂泊

一

"离开书，犹太教便无从构想和解释。"

——费迪德拉比

"未知是我们的第二张脸。"

——阿古尔拉比

"既然词语为犹太人而造，如果犹太人自身成了造物主的主旨，那会是一种什么样的光景？"

——玛尔瓦姆拉比

他说："人类的造物主是由人为其同类雕刻出的神；是无从表达的缺席中心一个概念化缺席的反映。"

"没了欲望，荒漠便随之盲瞀。"

——阿尤德拉比

二

（这个"此处"竟如此鲜有人知。
那个"他处"竟如此令人期待。）

三

他处：一片不一样的天空，清晨为之自焚。

此处——已然成为他处——听命于一个不确切
的此处。

法拉赫拉比曾经写道："激情振奋我们。它是
我们与造物主联系的基础。此即这些联系退化之速
并演变为冲突的原因。"

四

他说："细沙属于我们古老关系的范畴。

"气体和烟雾是我们最后的眷恋。"

那本书的研究者中最年长的拉比说道："五十个世纪与我们的脸一同消亡，而我们始终以泪洗面。

"你们知道么，一粒咸水滴再小，也照样能始终不渝地与太阳径自抗争。"

贝尔拉比写道："思想拥有的形象，如果不是那个尽弃残疾观念的残疾人的形象，还会是什么形象？"

"所有的形象都受到诅咒。"

——巴胡姆拉比

"造物主的伤口是其造物的伤口。"

——玛萨德拉比

"是否终有一天有人到来，

"在我们丑陋的伤口上，

"用古老的爱抚，

"为我们敷上油膏？"

——《香颂之书》

阿兹莱尔拉比写道："激情是个深渊，最好避而远之，因为晕眩窥伺着我们的一举一动。"

他又写道："……然而，生命若无激情，又与枯井何异？"

理卜德拉比说："唯有一种激情——书写的激情——它从我们与造物主、宇宙和人之间的关系中抽走了激情。"

一个名叫巴杜恩的年轻拉比对此反驳道："构成造物主、宇宙、人和真理这几个词语的字母不过是虚空和虚无的不同桁架而已。

"我们来读一读基座。其余都不在阅读范围之内。"

根据这些说法，塞格兰拉比得以写出如下文字："我们都是基座。我们只能自己阅读自己。"

由此又引发出拉菲拉比这样一个问题："在我不再被阅读之地，我是不是将有可能第一次阅读自己？"

纳达尔拉比写道："黑暗在轮到它表达自己的话语之前，不得不先行面对黑暗的话语。"

为此他总结道："此种情况下，一句黑暗的话语不过是化为话语的黑暗。"

"影对光言说其应许的光。

"光对影言说其忘却的影。"

——古达拉比

"黑色是白昼的疆界。黑夜的疆界上光明涌动。"

——阿鲁夫拉比

"全部源头的伤口！我们总是得目睹存留下来的死亡。"

——索加尔拉比

玛阿尔拉比写道："遗忘不是边界，而是桥梁。"

（二）

纳德勒拉比曾经写道："我们无法扑灭大火，因为永恒在煽火助威。

"别太靠近无形之物。被它灼伤有时会是致命的。"

天空与沙联手。双重的荒漠。我们昂首行走于无限。

萨亚斯拉比说："造物主是一棵火之树。而他的话语是枝丫，漫无边际。

"然而，若造物主的话语确实以火构成，宇宙也永远不会化为灰烬。"

巴达尔拉比对此回答说："人类的灰烬中同样有其冥想、思索和意愿的灰烬。我们永远不会牺牲于星星之火，却会成为燎原之火的祭品。"

他又补充道："总会有强健而柔韧的躯体取代烧焦的躯体，何等可贵的慰藉呵。"

（三）

有一些大火我们无法扑灭，它们是晨曦之火。

沙漠，沙漠，延续着我们的漂泊。

（在"若造物主的话语确实以火构成……"这句话中，若不通过四周涉及"火"一词的所有字词如火焰、雷电、星辰，我们又如何能读出"火"

字来？尤其在带有既成宿命的隐含意义时，我们如何解读一个"已故的话语"①？

犹太人拒绝对其命定的大流散做出结论。这就是他总是死抓住犹太人的往昔不放的原因。

犹太人的时间是时间中无法还原的时间。

想毁灭犹太人，也就意味着想阻断犹太人的时间。

犹太人自出生起便进入这一时间，而其死亡则意味着与该时间永别。

该时间的延续便是穿越荒漠的延续。它意味着我们的耐力无限。）

纳拉卜拉比问伊塞尔拉比："犹太人在荒漠中见习流浪，并悟出了漂泊的含义。

"作为造物主的选民，犹太民族与众不同，他背负着普世的启示，而后来这个启示却强迫他放弃——归还？——一片本已应许给他的土地，这让他无法释怀。似乎造物主突然想撕毁这个联结彼此的契约，但他莫测高深的动机是什么呢？"

伊塞尔拉比回答说："或许是为了让这场漂泊最终能使犹太人重返任何话语都再也无法驱离他们的土地，那是唯一之话语的土地。

"犹如造物主的希望必须营建于一个流散民族的痛苦之上，必须营

---

① 法语中，"feu"一词既是一个名词，意思是"火"；又是一个形容词，意思是"已故的"；所以雅贝斯说这个词"常有既成宿命的隐含意义"。

建于集造物主之造物的全部磨难之上，总有一天，这造物主的造物会从四面八方汇集而来重归一统，共同回答那至高无上的话语。置身于这神佑的聆听之地，犹太人最终将复兴那话语，恢复其一统。一块犹太土地即涵盖整个大地。

"这是一个没有国界的民族，因为以其造物主的体量，他们有望得到的唯一家园无非是一纸属于尘世也属于天国的书页，属于一部在痛苦和欢乐中重启书写的书。"

> （阿莱斯拉比大声说道："天上之水改善我们的思维，润泽我们的喉咙，它流沛大地，永远年轻。"
>
> 塞奥拉比说："呵，无垠的大地，不可剥夺又难以适应，全是蓝天啮噬之故！此地无他，唯磨难而已。"）

（四）

阿拉德拉比写道："永恒不会比我们更为久长，因为它是某个时间的入口，而那时间呼唤我们生活在其无根的存续中。

"为定义自我，永恒必须时刻抵御真实的时间，借助这一真实的时间，永恒得以意识到其永恒性屡遭威胁，其中最致命的威胁正是源自诘问。或许，永恒自身便是那时间的火辣辣的诘问，而那时间早已化作其思想的时间：那思想能够拥抱无限，在无限的中心思索自身之有限，而无限正是从相似中阐发而来。

"……或者说，是从一句深不可测之话语的相似中构思而来，而那话语正沉醉于深渊。"

> 萨穆恩拉比说道："灵魂始终在反抗死亡。
>
> "假如灵魂接受、恳求并赞美造物主，那是不是为了能超脱时间的泥淖，在碧空之碧空中抵达神圣的不朽？呵，那是生命之外、范围无限的色彩……"

人锻造时间以对抗时间。时间反抗这种做法并最终获胜。当浇铸躯体的鲜血沸腾时，肉身的话语却曼妙轻盈。人极度热切地保护话语，不使其落入时间之手，而此时话语却不动声色地以低沉的声音——强有力的声音——提醒着人：他只属于瞬间，那是大地与天空的交汇之所，而话语被阻断的忠诚属于它们牢不可破的关系。

牢笼！牢笼！

> （阿雅尼拉比写道："希伯来人从那个最为著名的先知留下的经典中学会了阅读。
>
> "从此以后，犹太人就将摩西与造物主面对面的相见说成是他自己的经历。
>
> "字母和造物之间没有中间人。造物主变身为文本，但每次只能有一个读者。

"因为有了评注。

"奴隶和奴隶、

"主人和主人、

"造物主和造物之间的

"孤独相见。"

达拉德拉比写道:"将他们置于造物主的支配下,他们就得福了,人求助于所有理性资源,为的是无论黑夜清晨造物主都能与之同在,去追溯自那时起被我们的荒漠之沙湮没的造物主之路。")

阿多特拉比曾经写道:"双重的永恒:造物主在人之中的永恒和人在造物主之中的永恒。

"但二者之间有多少区别呢?"

(五)

阿里布拉比写道:"如果永恒是造物主的时间,是我们的时间在此遭遇失败的一个连续时间中的时间,是一个比往昔更加遥远的往昔,是一个超越未来的未来,那对于只有在时间中才能有所行动的我们,如何才能抵达造物主?

"难道造物主是可望而不可即的么?是那种欲望难以实现因而激发出更强的欲望之物么?就好像我们从某人或某物那里得到指望的一鳞半

爪就已心满意足，而其余留在黑暗中的便只能徒然兴叹么？比之那偌大的需求，这个已允诺的部分算是什么？面对这个巨大的申告，那信誓旦旦的答复又是怎么回事？

"迪布拉拉比曾经写过，'只有通过人与物，只有通过这个世界，你才能抵达造物主。'如何理解这句话呢？此外，盖拉姆拉比的那句话——'在每个词语中造物主都拒绝赴死'——又应该如何理解呢？"

他又接着写道："对这样一套说辞，我们又怎能认同其价值呢？——它甚至未能成功地窥其堂奥就颠倒了事物的本质。

"如果只言说那些暂时的、不确定的、偶发的事件，那我们不是每次都在言说虚无么？

"如果造物主就是那个虚无，是虚无的那个不可思议的维度，是话语徒劳地想填满的那个虚空，是那个贪婪的洞穴，是那个无时无刻不在扩大、被砍去脑袋的语言脚下敞口的陷阱，该当如何？

"如果天空的蓝与黑不过是已言说的话语中那缺席之话语的色彩，该当如何？

"如果荒漠无非是被毁灭之天空的尘埃，又当如何？"

（他不如这样说："永恒不过是某种心灵的视野，是从密闭的变化中追溯出的某种开端，它是无涯的绝境，是手无寸铁的空间……"）

（六）

假如那个神圣的话语涵盖了问题的所有答案，这些并非出自人的答案对人又有什么价值？

所以，荒漠那权威的话语——其本身可信且广受认同——既然激励人去达到它的水平，就不能不赋予人以对抗造物主的最可怕的权力，那是由问题赋予的权力。由是可知，所有问题都首先是向造物主提出的问题。

结果，那成了造物主向人提出的问题。

……成了并非由造物主而是由人做出答复的问题；成了并非由人而是由造物主做出答复的问题。

这两类答复是互补的。

造物主在自我质疑时，首先要质疑强迫其自我质疑的人。人在自我诘问时，却攻击了造物主的一个话语——造物主想保护那个话语，无疑也是为了自保——造物主将那话语强加给自己的信徒，却并未要求他们核实，他把按自己的形象造人这件事忘了个精光。

然而，若造物主借某种独特的真实——某种因未受任何诘问的影响而显示出其本质的真实——进行自我诘问，他是否有可能以人的方式肯定自己是一个不具备真实性的神——其真实性始终处于受攻诘的状态？或者说，若造物主把自己与某种否认其他一切的真实混同，他自己便能超越一切真实么？

难道真实之真实仅仅是我们之真实的某种过激、粗略的矫正么？难道造物主仅仅因缺席而完美么？

难道造物主想通过他的背离和算计好的缺席来充当楷模么？

果真如此，死亡之外便再无完美。

造物主为完美而选择了死亡。

通往造物主的各个阶段都是通往死亡途中的驿站。

所以，我们的漂泊无限，犹如供养漂泊的问题无限。

而无限，便是我们的孤独。

那么，何谓孤独之命运？

向真实开放，任其穿堂入室，难道还不够么？无疑，这使问题变得十分紧迫——因为真实危在旦夕！

这并非要置其于争论源头而令造物主不快。至少犹太人深信并非如此，他们知道，人之伟大，在于其处于不断挑战的地位，而这种挑战只能来自某种对造物主的挑战。正是通过这种挑战，造物主与造物才得以相互确认直至相互融合——呵，真是渎神——并永远消逝。就好像这种渎神行为再次为其结盟做出了贡献。

……永远消逝，但消逝于何处？除非消逝于书和书的质疑当中，而那质疑缘于我们自身。

该问题的紧迫性决定了漂泊的秩序，而字词则取代了我们的脚步，或者说是字词越过我们，一头扎进了那个未知的世界。在那些有争议的边界地带，在屡遭践踏、令人沮丧、狭窄逼仄的大地尽头，是那个令人神往的开放空间的未知世界。

但漂泊如何适应一个先行预设的秩序，或亦步亦趋地遵从一个与强烈质疑紧密相关的旅程安排呢？因为本质上它只能顺从自己。或许这是因为，漂泊通过造物主、人和书所面对的正是那个最令人困惑的问题：那是造物主掌控的造物主的问题，是人在追求人时发生的问题，是由那部不可能完成之书提出来的。

> （有没有这种可能：永恒只是未实现的时间，并得到了该"未实现"本身标识的认可，而从一部作品到下一部作品，它都处于字词的看管之下？
>
> 可见，"未实现"会成为每个结果里的那个结果缺失的无情证据。
>
> 同样，"未完成"也不过是一张待抹黑的书页。
>
> 此种情形恰如巴德利拉比所言："黑夜有可能成为未实现的部分白昼。而且，它与白昼同样广袤。"）

正是这一问题的阴影主宰着所有话语，并扩大其范围至"无限大"。

摆脱了羁绊之脚步的上一步，依然受着下一步的制约。往昔通过未来时为未来设定了节奏。

在此，秩序便是节奏。

但是，任何创造只有在其成为创造模式、成为此后所有创造的焦点且因此形成障碍而务必清除时，才有机会证明自己。

被创造的世界是不是也指望着在被遮掩但同时又被暴露的地方不断获得再造呢？——就像白昼一样，每一次都在一个更为古老的黑夜尽头成为全新的一天。

……之所以是一个更为古老的黑夜，因为永恒也会增添皱纹，我们不仅会因时间而衰老，也会因时间在时间空间的淡入淡出而衰老，渐渐地，遗忘从半透明的褶皱中现身，就像大海从战栗中现身一样，直至最终透明，一动不动。

因造物主之书而眼花缭乱的摩西是否忘记了自己才是那本书的作者？

当摩西以造物主之名惩罚那些偶像崇拜的罪人时，他难道不是在以一己之名打击那些人么？难道不是因为此事冒犯他甚于冒犯造物主，他才要报复么？

因此，书才是关键。

那是造物主之书，是人之书。

那是造物主与接受神启的造物在立约中心作为精神食粮奉赠给未来之书的书，并由字词封印。

那是在已破解的人之书中无法破解的造物主之书，在那儿，每个在遍体鳞伤之沉默中浸渍的话语都在模仿着一个源头话语临终的场景，其遗忘只能是其神圣之命运的空白空间，只能是无限的沉默中在其边界上迟来的沉默。

裸露的字词中，造物主始终遥不可及。

书在这个遥不可及之处言说，从荒漠之地到荒漠之地，这混沌的此地。

在那儿，漂泊与漂泊接踵而来，背井离乡的话语不可能存在，因为每个话语的使命便是中断这一话语。在无数没有回声的话语中，唯有某个含混不清之话语的流放。

或许，语言承担的秘密使命便是能明确表述这句话语，并恢复其有限性，即通过某种方式将无法表达的无限化为可读、可闻的有限。

我说过，"……它的遗忘无非是其神圣命运的空白空间"，就好像遗忘真会有个未来，就好像遗忘为掩饰其鲁莽之过早已潜入到了这个未来当中。

遗忘不是始终都是一个夭折之未来的未来么？

犹太人通向造物主之路洁白无瑕，当他在漫漫无涯之途想避开沉闷的太阳时，他会不无快意地任自己滑入一个黑洞，一个凉爽、奇迹般出现的洞穴，其实，那正是他记忆中的洞穴，这天意的空穴，这诱人的深渊，在那儿，造物主正等候他的到来。

人之中，走向造物主之路洁白无瑕。

人世的旅途中，犹太人能记住的，难道只是一个他想求索的形象的模糊形象么？是不是为了成为犹太人，他就必须没有面孔？

他寻求身份认同的行为也会导向同一个问题。

他是谁？他从谁那儿找到了答案？是从其他人那儿？还是从他自己那儿？

——也许这根本不是一个找得出答案的问题，无论从他自己还是从其他人那里得到答案都无关宏旨，重要的是他必须驻守在该问题中，以使这一至关重要的、会影响其他问题的问题具体化，该问题没有任何直接或间接的答案，因为任何答案都不可能满足所有的问题。

质疑自身、质疑自身信仰的同时，犹太人接受了这样一种悲壮的冒险：把所有的诘问归结于人与造物主这一关键问题上，并先将自己的问题变为宇宙的问题，然后再引领后者重返书中。

书就是他的回答。

可是，什么样的话语才会选择独自支撑一个通往极度沉默的诘问呢？那诘问已与沉默的白色字母一同化为沉默的话语，除非清空这一话语中所有无用的话语；那是一个没有话语的话语，如同一棵树疏离其简慢的果实，如同一片荒凉的土地隔绝开其他土地，那是个没有梦的梦，没有谎言的谎言，没有恐惧的恐惧，没有希望的希望。

我们的漂泊中绝无其他话语；绝无其他抱怨与呐喊，只有这喑哑的沉默面对所有多触角的话语，面对水、火、天空、汁液和种子的话语，面对那支配性的、偏狭的话语。

漂泊之书无非是书之漂泊。

多少书合而为一！

荒漠是书的卫士。

回归书，便是回归荒漠。

在书之外及其受到保护的空间里，书选择的道路把犹太人和作家变成了来路不明的生命，似乎这来路不明也成为其永恒遗产的一部分，而财富的缺席又成为其实实在在的财富。

缺席面对的唯有缺席，漂泊面对的唯有漂泊的地平线。

因此，造物主在造物主中凝望自己。

从书到名字，再从名字到书；从他生活并使用过的名字，再到无法承受并从内部消磨他的名字的那个圣名：这就是犹太人的旅程。

"看着点儿路。"犹太人总是这样回应犹太人，因为路不仅连接着过去和未来，同样也连接着未来和过去——仿佛未来之后仍有过去一样——而且，还要抱持比生命还要执着的希望，那希望便是在黑暗的苦难底层总有一天会露出一角蓝天。

从儿时开始，犹太人就学会了与死亡斗智斗勇，但这也许是因为只有死亡才会潜伏并等待那个俾其大快朵颐的瞬间出现。

我们已接受了必死和永生的命运，所以生与死除了把我们的脉动当作节拍以外别无任何节拍，因为唯有死亡——它受非思想之空无所吞噬的空无摆布——才能废止视觉、听觉和思维的边界。

躯体与字母何等倦怠！

人与书仰赖同一口气。

漂泊无非是再迈出一步。

孤 独

　　"拥有一个名字，难道就像拉布里拉比所写的那样，是把自身荒漠的轮廓勾勒到时间荒漠中去么？

　　"那么，考问荒漠只能意味着代表死亡去考问一张早已灰飞烟灭的脸。

　　"人之前，造物主借涂抹他的圣名而标记出荒漠。

　　"造物主的话语和人的话语被从同一个场域逐出：话语形容枯槁，我们正挣扎着向它而去。

　　"死亡也为死亡树立了典范。"

——拉马拉拉比

　　于凯尔说："呵，眼睛孤独，致使视野饥渴！

　　"荒漠既存于这幅饥渴的图像，也存于这一孤独的范围。"

萨拉说："所有那些烂泥、池塘、沙子和鲜血之眼。所有那些鼻孔、肚脐、嘴巴和性之眼。

"于凯尔，那是深渊，有时，那儿会冒出一只瘦骨嶙峋的手，伸出手指挑战虚空。

"……还有所有那些肛门之眼，在那儿，宇宙同样要在那未经许可的注视下排便……

"唯有深渊知道天空最终会落到什么地步；

"……直到那恶名远扬的伤口依然淌血的地步。

"红色，极端之地。"

"书像手一样，被高处所吸引。"

——拉罕拉比

造物主的三次流亡

"流亡也是一种选择。"

——阿锡拉拉比

——阿依代拉比,你守护着哪种沉默?

——扎伯拉比,我守护的是话语之前和话语之后的沉默。

——阿依代拉比,我哪天能看到这个话语?

——扎伯拉比,它犹如镶嵌在铂金中的钻石,以上千个雕琢面喷发出它捕获的诸多太阳的光芒。

泽希尔拉比补充说:"……就像满天繁星中的一颗独一无二的星。"

——阿依代拉比,你守护着哪种沉默?

——阿德利亚拉比,我守护的是话语之前和话语之后的沉默。

——阿依代拉比,我们只有一个话语,它躺在每个话语的怀中。

泽希尔拉比补充说:"……我们只有一颗星。自从有了它,天空就星光熠熠。"

*

　　哈希姆拉比写道："造物主曾自我流亡过三次：在圣名中流亡，在爆裂的圣名中流亡，在被清除的爆裂中流亡。

　　"在每个话语中，你都能体验到这三次流亡。"

　　阿里什拉比不是也曾从其自身立场出发这样写过么："造物主的三重流亡：在圣名中流亡，在被清除的圣名中流亡，在爆裂后的清除中流亡。"

　　哈希姆拉比还写道："书详述了这三次流亡的每个阶段。"

　　戴苏克拉比说："造物主离开这个世界，不是为了安置人，而是为了安置话语，因为他知道话语会自动僭取吞并宇宙的权利。此外，还因为他未下决心彻底放弃自己的王国。"

　　他就此得出结论说："人根本不需要无限。相反，倒是无限摧毁了人的肉体和心灵。其实，由于我们的思想、话语和字词总想寻求超越，所以才遭逢那致命的诱惑。"

　　勒丹拉比说："躯体符合躯体的规格，可心灵的规格是什么呢？对此我会斩钉截铁地说：是躯体的规格。

　　"所以，躯体的极限必须强势体现在生命和死亡中。"

　　体力无论如何赶不上心智，但这个有机体中若有任何一点小差池——呼吸窘迫或器官里落入一粒灰尘——都可能使一切前功尽弃。

躯体的全部力量源于心灵，除了一个：临终时与肉体一同毁灭心灵的那种力量。

躯体死于肉身之死。心灵因肉体之死而被迫死去。

凶手无辜。

死亡首先关乎肉身。

他说，思考死亡，即是思考躯体。

> （达亚布拉比写道："我们的三重死亡：瞬间中的死亡、永恒中的死亡和遗忘中的死亡。"
>
> 贝内阿达卜拉比说："人和其造物主一样，也有过三次流亡：在场中的流亡，缺席中的流亡，相似中的流亡。"）

死者之书

他曾经写道："我肯定已经死了。必须让生者完全确信这一点，他们才能在阅读中了解全部真相。"

他又接着写道："该读些什么呢？应该读读我在书中的词语背面写下的那些东西，它们肯定不愿意让我们一睹其真容。

"在无限遥远、把书页变为空白的地方，我们在最后之书的词语上方书写。

"永恒的字词属于死亡，死亡急于再次找回它们。

"我们为最后之书而死，而最后之书——呵，太讽刺了——便是死者之书。"

此时，在场的一位弟子第一次说话了："即便如此，我们也必须知道它死于何时呵！"

"我从来没有机会——或可能？——撰写我的遗嘱。这取决于该份文件自身的性质。

　　"我先得找到一个生者无法抵达却又契合我心的场域；一个没有位置、因而可以非理性地称之为非场域的场域。如果我们能运用想象，也可以称其为界限之场域，但该界限却无法用任何路线或笔触固定下来。因为它难以想象。它的边界位于乱花迷眼的无限里，无限凭其一己之力便可以揭示它。在通往未知的壮举中，心灵聚集起的各种力量每次都把它推得更远，但到头来却只是将它抛进空无，所以它只能成为由我们的无能——同样由我们的疲惫——怯生生地勾勒出的一条难以维系的思想的边界。"

　　　　　　　　　　（盖德拉比写道："应当感谢你的思想，它蛰居在自己的边界内，否则你将身无立锥之地。"）

　　"这部最后之书是想用其他所有的书作为祭品吗？我的遗嘱开门见山就谈了这个问题。我如今明白了：它是想要每本书都心甘情愿地成为祭品。我真是太蠢了——竟然有片刻我以为它们会违抗或绕过这部不可抗拒的律法。那是书所服膺的律法，而最后之书——即允许其他书在其场域书写的那部书——就位于其占有的缺席当中，尽管足够谨慎，却始终是那部律法决绝而坚定的支持者。"

　　"最后之书赤裸如初生的白昼。或许这最后之书不是别的，恰恰是这第一个白昼的降临。唉，想从赤裸的词语中重获这份赤裸，重获这份童贞，以致每个字词都事与愿违地失去了童贞。

"死亡词语是来自记忆深处的词语，它们陪伴我们一生。无人能指望这些词语。这些词语摆脱了自身的含义和声音，犹如无底洞，我们很害怕，甚至都不敢看上一眼，因为再也没有什么可以把目光唤回地面。没有词语的词语。虚空之上的虚空。"

"不可行的话语，却在书的每个话语中以间接的方式表达出来，在被词语围困的沉默尽头，有一种只由其沉默表达出的沉默——就像由空气表达出空气、死水表达出暗绿色死水一样。那是一种确定会超越时间的沉默，其词语无非是透明与透明之间、空无与空无之间的相遇——上千次的相遇。这一小小的、难以察觉的冲击，由所有那些在大气层中相互碰触、相互探寻、相互接受之物所引发，为的是要构建出一个空间，并以其漫无涯际去废止人的一切声音和行为。"

"在那儿，除了爱情或奇迹的无形创伤之外，一切不复存在。死亡之词语难道真的能成为无限对抗无限的那种倏忽而过、无法抹去、微妙而又狂热的摩擦么？

"呵，冷酷而记仇的黑夜！宇宙间，全部鲜血淹没了沉陷的太阳。"

"对我而言，从没有界石与床榻。从没有海滩、高山、森林、峡谷或绿洲。

"我还是最后之书里的那个人，你们当中的好事者总想给我安排个地方，但对那个地方是否适宜我却始终没有把握。我没有场域；这是我要求的特权。你们无从了解。可我怎么解释给你们听呢？至今我既无机会大概也无勇气向你们解释。希望令我备受煎熬。

"我就像一个被词汇表指定的提前献祭的字词一样死去了。在书回归远古之空白的途中，我因字词之死而死。"

*

这两页纸八成就是那篇绪言的一部分，是不久后在一个被当作储藏室的房间里发现的。储藏室位于死者卧室的隔壁。

这两页纸肯定在水里泡过很久——是不小心么？——才被捞出来——被谁呢？——然后被放进一个脏兮兮的文件夹——看起来像是随手放进去的，因为除了遗嘱这两个字在近乎透明的文本中被两次破译以外，没有一个句子能读得出来。文件夹中确实还有一些逝者的日记片段，本书作者虽然宣称想出版这些日记，但已推迟了数次。

无法说明死者的愿望，也无法推测其真实的意图，所以我们无法接收这份遗嘱，虽然它是寄给我们的，也只能把它当作一位作家——其作品经常激发出我们的好奇心，但对其死讯我们却丝毫不感意外——的一份补充文本。

隐秘的叙述之书

生命的脸，风华正茂，美丽的印记！

所有这些生命都出现在记忆的死亡潮汐里。回忆令回忆不堪重负。东方永不会与西方骈立。洞穴永不会与钉子为伍。

呵，就让无限安于黑夜，安于满天星斗的黑色空无吧，那是秘而不宣的叙述之地。太阳的故事虽属虚构，但有谁会去在意浮雕背后的空洞，又有谁会去在意金属背后的阴面呢？那是沉默犯忧的藏身之所。

呵，死亡，它向生者替我们作保。我们因这种侵扰曾蒙受过多么严厉的苛责！那本书中的子民，那意思是说，这个民族有着另一种机遇、另一个清晨和唯一的黑夜。

于凯尔说："我和大地没过上几年亲密的日子，好让它接纳我。"萨拉说："我和天空没有过足够的交流，好让它倾听我。"于凯尔又说："可我们有那么多个世纪要重新经历，我们弄不清楚究竟该把我们和哪个世纪联系在一起。我们的声音唤醒了所有那些曾为我们之声音的声音。"

一个不再成其为民族的民族。只能像影子般相拥片刻的伉俪。

回声的欲望是征服空间。但这个愿望很快被证实过于雄心勃勃。

每本书中，我都试图让自己无法回避的回声回归原处。如今，我随着最后一本书到达：第一本书。出生时我们会放弃什么？——或许是为了即将来临的存在而放弃过去。临终时我们会放弃什么？——或许是为了曾经存在的过去而放弃未来。放弃之中有那么多空白，我们想做的正是试图在那空白上书写。记忆意味着应许未来。我虚构的拉比之一、不是智者就是疯子的霍莱尔拉比曾经写道："你告诉我你记住了什么，我就能说出你将会是谁。"他的诸多问题和格言曾帮助我推倒前行之路上的堵堵高墙。这些墙的正面和背面是那些被难以遏止的永生欲望驱策的拉比，他们的话语贯通古今。

巴斯拉比曾经写道："昨天，曾经是我。明天，依然是我。所以你可以随意向我提问，无论是人类的苦乐，还是世界的晨昏。这都是我将讲给你听的我的生与死的故事。"萨拉不是也曾在一封信中坦承："于凯尔，我们不得不承受远超过我们所能承受的痛苦，流淌出远超过我们双眼所能分泌的泪水，而且要像我们相爱那样更加爱人，因为在我们心中，世界也在爱着，也在受难和流泪。"

扎乌德拉比问贝克利拉比："我们还能想得起没去过的一个地方、没接近过的一张脸、没抓住过的一件物品么？"

贝克利拉比回答说："我很清楚地记得造物主。"

*

那异乡人没有脸。世上的脸应有尽有，唯独没有一张是他的。

他曾经写道："异乡人，记住你的旅程，因为你的同时代人不认识你，他们会提出质疑。"

他又接着写道："异乡人，别指望复原你的脸。没有人会接受。"

流亡是一种无阶梯的死亡。

死亡在生命之后。异乡人的死则在生命之前。

——什么属于你？

——透明度。

他又说道："两部透明的作品永远都不会相似。不过，如果一滴水不像另一滴水，它会像什么？"

荒漠是透明的宇宙。

无限必得有一面无限之镜。

（塞夫拉比写道："呵，挂在叶子上的露珠有如祭品。

"几滴水落在我焦渴的舌头上，死亡便化作我的女友。"有一次，他曾把时间比喻为一把战刀，把永恒比喻为一个疯武士，疯武士让那把战刀挥舞在我们头顶上。）

承受深渊

阿斯里拉比问德班拉比："什么在支撑着你？"

德班拉比回答说："虚空。"

他接着说道："虚空不是也支撑着宇宙么？"

哈萨德拉比写道："造物主是怎么知道他的权力的，既然他只把权力用在他驯顺的造物身上？

"造物主对造物主无法行使权力。所以深渊对深渊也无法行使权力。"

一

伊萨赫拉比是那本书的注释者中最具争议的人物，奇怪的是，他又是这些人中最令人生畏的人物，他教导我们说，犹太教只能依靠自己，又说，比起那些安详的、通过祈祷来接近主的人，造物主在那些动辄即感剧烈眩晕的人身上更容易认出自己。

所以，真实可能就像造物主一样，只是眩晕中的眩晕，是虚空不可抗拒的召唤，也可能只是可耻地鼓励自杀，若按照支持该观点的这位拉比的说法，造物主不是曾经这样宣称过么："那些死于我身上的人永远都不会死，因为我是所有与我结合的死亡的生命。"

伊萨赫拉比的这些言论不胫而走，惹恼了本地区最具声望的三位拉比，他们借此召他前来，并要求他做出解释。

第一位拉比问道："你在哪儿看到造物主说'那些死于我身上的人永远都不会死，因为我是所有与我结合之死亡的生命'的？你是在哪本神圣的书里读到的？"

伊萨赫拉比傲然回答：

——是在我内心里读到的。因为我就是我源泉中的源头，是我话语中的话语。

第二位拉比跳将起来，吼道：

——那是你嘴里的话语，不是造物主的。

伊萨赫拉比针锋相对："不经我们的口，怎能听得到造物主的话语？不借我们的书，怎能读得到造物主的话语？"

第三位拉比说："你像个渎神者那样在推论，谁能向我们证明这些话语真的是造物主所言？"

"我这就告诉你，"伊萨赫拉比回答说，"我这就告诉你们：就是话语本身，因为它们翱翔在我们自己的话语之上，而我们的话语总试图驾驭它们，所以我们的话语将像苍蝇那样死去。"

"伊萨赫拉比早已年迈，几个月后就去世了。他无妻无子，也没有弟子。他的书被付之一炬。这件事发生在两个世纪以前。

"他的家已部分坍塌，但经常在清晨泛出蓝光。因为蓝天住在里面。虚空中，造物主有时依旧在那儿言说，但再也无所图……"

"……毫无疑问，再也无所图，"讲述者迟疑片刻，继续讲道，"除非这个虚空便是那死去的拉比心有灵犀的魂灵，它遵照神的意志留在了大地，以便让死者们也能通过这一途径在造物主的话语中觉醒。"

（贝拉哈拉比说过："当我们不复存在、仅仅是来世的话语之时，大地骤然间变得柔软无比，我们犹如在那些我们曾施以援手的死者们温热、翕张的唇上行走。"）

二

阿尔奇拉比曾经写道："神界——天上——即象征轻盈。人间——地上——即意味着沉重。

"造物主之书要在广天化日下阅读。"

萨达拉比说："思想具有造物主的轻盈。思想之书便是天界之书。

"在那儿，没有未知，唯有无限。"

三

（阿克拉姆拉比曾经写道："这个词语以其形象献祭，在已经明示不可命名之地的中心为造物主命名。

"所以，造物主透过他的名字拒绝成为一个简单的字词。"

洛阿蒂拉比则写道："思想是无形的，可当我试图想象它的时候，为什么总会有一只双翼比心还要强劲的鸟儿的幻影跃入我的脑海里呢？"）

死亡的玫瑰散发出消耗殆尽的永恒气息。

四

此地的一切开始漫漶不清。所以，快速地回顾一下以前的作品就显得十分必要。

除一本书以外，世上皆无书。除一个词语以外，世上皆无词语。褪色的，其实只是试图重新与光明为伍；燃烧的，其实只是试图重新与黑暗聚合。

曾经有萨拉和于凯尔。

曾经有雅埃尔和埃里亚，

还有多到只要空间和时间能迎接他们、阅读他们和聆听他们的拉比们。

他们的交谈对谁有益？

如今，会有何种泪水在我这些人物的泪水上流淌？会有何种呼号在他们的呼号中回荡？

一个故事中还会有多少鲜为人知的故事？那都是些相似的故事，诸如昆虫、野兽、爱情、仇恨、反抗、民族或国家的故事；诸如某种焦虑、某个思想、某次诘问、某声叹息或某张面孔的故事；诸如某支笔、某只写作的手或某个惊骇眼神的故事；诸如某本书的故事。

呵，记忆呵！没有虚构，没有补充，只有回忆的需要，只有重温的欲望。

我那些可怜的名字：那些充满灵性、受到伤害和遭到背叛的名字；那些陌生的或熟悉的名字，那些已写下又被抹掉的众多陌生的名字。

谁能对某个幽灵做出回答？可我正是在这些不知餍足的死者的话语上构筑起了我的书，并精工细作，好生养护，有如一个人慢慢地逼近空无，只为能在化作灵魂、精灵和思想后，融入与我们飘逸、伸展之躯相匹配的空间。

从门槛到门槛。从死亡到死亡。也是从门槛的直觉——即从希望——到达死后之地，在那儿，永恒与往昔结合。因为人的时间不过是不朽的碎片，如同爆裂之书的时间。

那么，门槛或许只在咫尺。我们无须在门槛划线，径直跨过即可。

因此，书之外，门槛或许仅仅是被脚跟蹭出界限的一片饱经风霜的虚空，而在书中则是锁定在两个字词之间的开端——就像诞生于空白之空无中的万物又在更为广阔的空白之空无中迷失。

难道书写的目的便是要借填充这个空间——这个虚空——来保存该空间么？不是以白纸黑字的方式，而是以黑字嵌入白纸两极的方式么？

不宗旧路，不就是荒漠的教诲么？每个旅行者、每个冒险家都变为自己的路。我是我之路的主人。

创世之书，如最后之书一样，也是空白的。

我不会力荐或推销任何东西。问题引我前行。没有真理，只有诘问。没有真实，只有解释。

评判者谁？

五

阿博尔拉比曾经写道："词语有如传播炭疽的蝇子。传播的炭疽非但不能使我们的灵魂获得温暖，反而会烧焦我们的灵魂。

"灵魂与书一同毁灭。

"因此，永恒只是一种更为持久的死亡。它是死亡中的死亡，能令死亡死去，而其生命的表象却比生命还要轻盈。"

哈希姆拉比这样评价利姆德拉比："他常说：这些永恒，这些不朽。为什么不可以呢？我们不是也常说：这些光明、这些苍穹、这些灵魂么？

"就重复及其区别而论，不可能只是简单地存在着唯一的永恒、唯一的不朽的。

"此外，造物主之名不是也有单数的圣名和复数的圣名之分么？

"这个我连通起这一瞬间，但不是与所有瞬间连通。倍数是我们的生与死。我们分类的永恒是不可胜数的。"

他又接着写道："呵，这昙花一现的自我的瞬间，呵，明天，哪些瞬间能化作永恒？"

萨缪尔拉比曾经写道："唯有那个名字中才有众多名字，唯有那轮红日中才有众多太阳。"

不可能的判决

一

所有灵魂要求的那场审判应该正在灵魂们抵达的那个指定地点进行。但审判怎么可能启动呢？

首场审判中——你还会想得起来——那个被控有罪的灵魂被判处死刑，罪名是背叛犹太教——因为这个灵魂自称是犹太人——另一个罪名是那本被否定的书——这个灵魂还声称自己是个作家的灵魂。

第二场审判是在法庭外的荒漠中进行的，只有法官们的灵魂出庭，他们真诚做出的那份判决被宣告无效——惜哉，为时已晚——其判决的基础不是因为被告无罪或真诚悔罪，而是因为他们自己对宗教、历史、身份和书的信念发生了根本的动摇。

它们是怎么走到这一步的？永远不会有人知道。它们对未经充分解释便草草宣判而自责不已，随后便蒸发了——再也没有人见过它们。这一反常行为带给我们难以言表的兴奋和困惑。我们首先需要知道，如果犯罪行为已在真实的名义下发生——多数人坚信这个真实——但如果这个真实最终被证明只是一个诱捕的圈子，经常得受到另一个同样脆弱的真实的反对和质疑，那么，审判是否还有可能？在这两种情况下，判决已被剥夺了其坚实的——普世的——基础，因而在他人看来便再也没有了依据，也不会再被接受。

事情已然如此，第三次审判还怎么进行？法官们的失踪和犯人的缺席让聚集起来的灵魂们进退维谷。

它们商议了数日。如果判决——即评判的自由——自始无效，不就是迫使语言沉默么？真实是词语的问题，而词语既意味着选择——那也是一种判断方式——也意味着微妙的差别——这往往决定选择。这场失败之后，还有哪些字词能引起我们的关注呢？

没有语言的地方，既不可能有生命，亦不可能有死亡。

那么，我们应当如何生活、相爱、做事、欢笑、受难和死去呢？然而，那些因其躯体不灭的记忆，那些因其古老的信仰、观念、欲望、幻想而始终饱受折磨的叛逆的灵魂，无论它们承不承认，不是也早有一部分沉默了么？

除了像过去在世时那样思考、徒劳无益地重复固有的行为特别是使用那些已逐渐过时的词语以外，这些灵魂还能做些什么？

于是他们自问，那穿越遗忘的通道是否已经是一种拯救：那是对相似的弃绝，是一个截然不同的时代已然来临；在那儿，真实不再被视为真实，而是倚仗自身的弱势字词对所有的真实强行清场。

他们告诉自己，源头或许就是潜伏在即将到来之时日里的某个往昔的并无恶意的赌注：那是灵与肉的往昔——而造物主即其源头。

只要我们的路径相交，源头便一目了然；但死亡却无路可走了。

于是这些被排除在外、备受折磨的灵魂便落入自己的圈套，他们因缺乏有效的程序，又被这些场合搞得晕头转向，只好任由罪行逍遥法外。

（阿加德拉比写道："太阳允许造物主质疑世界。黑夜认可宇宙质疑造物主。"）

二

（拉燮姆拉比写道："书奉行的是承诺更新。从阅读到阅读之间，宇宙也在发生着变化。所以，你永远只能阅读到那些指望读到的东西。"

迈克哈利姆拉比写道："不变的不是永恒，而是死亡。"）

三

他说：

"在必须放弃的时刻，当回声化作空无的回声时，我必须向我的同胞们告别。

"熟悉我的人会说：他与书同来，又与书一同飘然而去。

"不认识我的人会说：他的作品留给我们的意象时而是摇篮，时而是坟墓。

"他们既对又错，因为在我追随书的过程中，既目睹了它逐步驾驭深渊，又见证了它急速的下坠。"

阿辛拉比说：

"造物主是那本书的无悔的祭品。

"呵，死亡，在每个词语中都清晰可辨。"

四

（在公墓里，他们寻找着那个异乡人的墓穴。

人家告诉他们说，他不愿入土为安，早已把自己的躯体献给了医学研究。

于是，他们每个人打开了各自珍藏的一本他的书。

其中一人泪落书中。另一人在书里夹进了一粒从路上捡来的石子。

他们都是那道痕迹的匿名见证人。

杜巴赫拉比不是曾经这样写过么："我们在人世间穿行的痕迹，我们的作品所留下的印记，这一切都是看不见的。它们被掩埋在像我们这样一些人的灵魂里。机缘巧合时，这些人便会将这些痕迹揭示出来。

"我们的这份永恒亏欠着多少不知名的朋友呵！"

接着，他又为他所崇敬的老师桑霍布拉比——这位拉比为了让世人淡忘自己，冒名隐居在荒漠边缘的一个小村庄里，谁也不会想到会在那儿找到他——写道："不必担心你的痕迹。你是唯一一个抹不去这痕迹的人。"）

译后记

　　20 世纪的法国文坛巨星云集，大师辈出。其中，集诗人、作家、哲学和宗教思想家于一身，与让-保罗·萨特、阿尔贝·加缪、克洛德·列维-斯特劳斯并称四大法语作家的埃德蒙·雅贝斯绝对是一位绕不过去的人物。

　　先看看诸位名家如何评价他吧：

　　勒内·夏尔①说，他的作品"在我们这个时代里是绝无仅有的……"

---

① 　勒内·夏尔（René Char, 1907—1988），法国诗人。年轻时受超现实主义影响，曾与布勒东、艾吕雅合作出版过诗集。第二次世界大战期间参加抵抗运动。法国光复后被授予骑士勋章，并出版多部诗集。1983 年，其全部诗作被伽利玛出版社收入"七星文库"出版。

加布里埃尔·布努尔[①]说，"信仰的渴望、求真的意志，化作这位诗人前行的内在动力。他的诗弥散出他特有的智慧、特有的风格……"；

　　雅克·德里达[②]说，他的作品中"对书写的激情、对文字的厮守……就是一个族群和书写的同命之根……它将'来自那本书的种族……'的历史嫁接于作为文字意义的那个绝对源头之上，也就是说，他将该种族的历史嫁接进了历史性本身……"；

　　哈罗德·布鲁姆[③]将他的《问题之书》和《诗选》列入其《西方正典：伟大作家和不朽作品》（*The Western Canon: The Books and School of the Ages*）；

　　而安德烈·维尔泰[④]则在《与雅贝斯同在》（*Avec Jabès*）一诗中径自表达了对他的钦敬：

　　　　　　荒漠之源在圣书里。

　　　　　　圣书之源在荒漠中。

　　　　　　书写，献给沙和赤裸的光。

　　　　　　话语，萦绕孤寂与虚空。

　　　　　　遗忘的指间，深邃记忆的回声。

---

① 加布里埃尔·布努尔（Gabriel Bounoure, 1886—1969），法国诗人、作家，雅贝斯的好友。
② 雅克·德里达（Jacques Derrida, 1930—2004），法国哲学家、符号学家、文艺理论家和美学家，犹太人，出生于阿尔及利亚，西方解构主义的代表人物。
③ 哈罗德·布鲁姆（Harold Bloom, 1930—2019），美国作家、文学评论家。
④ 安德烈·维尔泰（André Velter, 1945—），法国诗人、文学评论家。本诗选自其诗集《孤树》（*L'Arbre-Seul*），法国：伽利玛出版社，1990，第150页。

创造出的手，探索，涂抹。

当绒蓟死去，声音消融。

迂回再无踪影。

在你在场的符号里，你质疑。

在你影子的垂落中，你聆听。

在你缺席的门槛上，你目视神凝。

再也没有了难解之谜。

荒漠之源就在你心中。

古人云："颂其诗，读其书，不知其人，可乎？是以论其世也，是尚友也。"我们只有了解了雅贝斯的生活思想和他写作的时代背景，准确把握其所处时代的脉搏，识之，友之，体味之，或许方能有所共鸣，一窥其作品之堂奥。

埃德蒙·雅贝斯，1912 年 4 月 16 日生于开罗一个讲法语的犹太人家庭，自幼深受法国文化熏陶。年轻时，他目睹自己的姐姐难产而死，受到莫大刺激，从此开始写诗。1929 年起开始发表作品。1935 年与阿莱特·科昂（Arlette Cohen，1914—1992）结婚，婚后首次去巴黎，拜访了久通书信、神交多年的犹太裔诗人马克斯·雅各布①，并与保罗·艾吕雅②结下深厚的友谊。

他与超现实主义诗人群体往来密切，但拒绝加入他们的团体。

第二次世界大战的残酷惨烈令雅贝斯不堪回首。战后的1945年，他成为多家法国文学期刊特别是著名的《新法兰西评论》③的撰稿人。

1957年是雅贝斯一生中最为重要的转折点：1956年，苏伊士运河危机④爆发，埃及政府宣布驱逐犹太居民，四十五岁的雅贝斯被迫放弃了他在开罗的全部财产，举家流亡法国，定居巴黎，直至去世。惨痛

---

① 马克斯·雅各布（Max Jacob，1876—1944），法国诗人、散文家和画家，犹太人，雅贝斯的良师益友，其诗歌兼具立体主义和超现实主义色彩，且有人性和神秘主义倾向，在20世纪初法国现代诗歌探索阶段曾发挥重要作用。1944年死于纳粹集中营。

② 保罗·艾吕雅（Paul Éluard，1895—1952），法国诗人。1911年开始写诗。1920年与布勒东、阿拉贡等人加入达达主义团体，1924年参与发起超现实主义运动。第二次世界大战期间参加反法西斯斗争。一生出版诗集数十种。《法国当代诗人》一书评价说，"在所有超现实主义诗人中，保罗·艾吕雅无疑是成就最高的作家之一"，"他精通如何把'荒谬事物的不断同化'有机地融入他对自由的无比渴望之中"。艾吕雅与雅贝斯私交甚笃，他是最早向世人推介雅贝斯的法国诗人。

③ 《新法兰西评论》（La Nouvelle Revue française），法国著名文学刊物，1909年由诗人、作家安德烈·纪德（André Paul Guillaume Gide，1869—1951）等人创办。

④ 苏伊士运河危机（la crise du canal de Suez），又称第二次中东战争、苏伊士运河战争、西奈战役或卡代什行动。1956年，埃及宣布将苏伊士运河收归国有，英国和法国为夺回苏伊士运河的控制权而与以色列（为打开苏伊士运河使以色列船只得以通航）联合，于1956年10月29日对埃及发动军事行动。在国际社会的普遍指责和美苏两国的巨大压力下，英法两国于11月6日被迫接受停火决议，以色列也在11月8日同意撤出西奈半岛。英法两国的军事冒险最终以失败告终，只有以色列在一定程度上达到了自身目的。这次危机也标志着美苏两个超级大国成为主宰中东乃至全世界的力量。

的流亡经历令雅贝斯刻骨铭心，对他此后的思想发展和创作轨迹影响至深。

身在异国他乡，雅贝斯将背井离乡的感受化作文学创作的源泉，他的作品充满了对语言的诘问和对文学的思索，并自觉地向犹太传统文化靠拢。雅贝斯后来谈到，正是这次流亡改变了他的人生，迫使他不得不重新面对并审视自己的犹太人身份，并促使他开始重新研读犹太教经典——《摩西五经》①、《塔木德经》②和犹太教神秘教义"喀巴拉"③。雅贝斯说，在流亡中面对自己犹太人身份的经历以及对犹太教经典教义的研究，正是他此后一系列作品的来源。

1967年，雅贝斯选择加入法国国籍。

---

① 《摩西五经》(*Sefer Thora*)，又称摩西五书、律法书、摩西律法或托拉，是犹太人对《圣经·旧约》最初的五部经典——《创世记》《出埃及记》《利未记》《民数记》和《申命记》——的称呼，是犹太教经典中最重要的部分，同时也是公元前6世纪以前唯一一部希伯来律法汇编，曾作为犹太大国的国家法律规范，即便在犹太大国亡国后也依旧以习惯法的形式自动调节犹太人的生活。传统上一向认为，这五部经典是摩西接受上帝的启示而撰写的，内容是古代以色列人的民间故事，记载了以色列民族的起源，尤其是创世的上帝对他们的启示，其主要思想包括六个重要的教义：上帝的创世、人的尊严与堕落、上帝的救赎、上帝的拣选、上帝的立约和上帝的立法。

② 《塔木德经》(*le Talmud*)，犹太律法、思想和传统的集大成之作。公元1—2世纪，犹太人恢复独立的愿望被罗马帝国粉碎，于是将目光转向传统律法的研究和编纂。以后各个时代的判例和新思想都汇入到了《塔木德经》之中，使分散于世界各地的犹太人得以跨越距离、风俗和语言的差异，通过《塔木德经》而紧密联系在一起。《塔木德经》有两个版本，分别为3世纪中叶在巴勒斯坦编纂的耶路撒冷版和6世纪改订增补后的巴比伦版。

③ 喀巴拉（La Kabbale），希伯来文"הלבק"的音译，意为"接受传授之教义"，表示接受根据传说传承下来的重要知识。13世纪以后，"喀巴拉"一词泛指一切犹太教神秘主义体系及其派别与传统。

雅贝斯是一位书写流亡与荒漠、话语与沉默的作家。针对德国哲学家西奥多·阿多诺关于"奥斯威辛之后没有诗歌"的观点[①]，雅贝斯认为纳粹大屠杀的惨剧（以及苏伊士运河危机中的排犹色彩）不仅有助于探索犹太人的身份及其生存的语境，也是反思文学与诗歌固有生命力的重要场域。阿多诺将大屠杀视为诗歌终结的标志，雅贝斯则认为这正是诗歌的一个重要开端，是一种修正。基于这一体认，他的诗集《我构筑我的家园》（*Je bâtis ma demeure*）于1959年出版，收录了他1943—1957年间的诗作，由他的好友、诗人和作家加布里埃尔·布努尔作序。雅贝斯在这部诗集的前言中写道："从开篇到二战的那些年，犹如一段漫长的回溯之旅。那正是我从最温情的童年到创作《为食人妖的盛筵而歌》那段时期。而与此同时，死亡却在四处疯狂肆虐。一切都在崩塌之际，这些诗不啻拯救的话语。"

此后，雅贝斯呕心沥血十余年，创作出七卷本《问题之书》（*Le Livre des Questions*，1963—1973），并于其后陆续创作了三卷本《相似之书》（*Le Livre des Ressemblances*，1976—1980）、四卷本《界限之书》（*Le Livre des Limites*，1982—1987）和一卷本《腋下夹着一本袖珍书的异乡人》（*Un Étranger avec, sous le Bras, un Livre de petit Format*，1989）——这十五卷作品构成了雅贝斯最负盛名的"问题之书系列"（*Le Cycle du Livre des Questions*）。

---

① 西奥多·阿多诺（Theodor Wiesengrund Adorno，1903—1969），德国哲学家、社会学家、音乐理论家，犹太人，法兰克福学派第一代的主要代表人物，社会批判理论的理论奠基者。他在1955年出版的文集《棱镜》（*Prismes*）中有一句名言："奥斯威辛之后，写诗是野蛮的。"

除上述作品外，雅贝斯还创作了随笔集《边缘之书》(*Le Livre des Marges*，1975—1984)、《对开端的渴望·对唯一终结的焦虑》(*Désir d'un commencement Angoisse d'une seule fin*，1991)、短诗集《叙事》(*Récit*，1979)、《记忆和手》(*La mémoire et la main*，1974—1980)、《召唤》(*L'appel*，1985—1988) 以及遗作《好客之书》(*Le Livre de l'Hospitalité*，1991) 等。

1991 年 1 月 2 日，雅贝斯在巴黎逝世，享年七十九岁。

雅贝斯的作品风格独树一帜，十分独特，实难定义和归类。他在谈及自己的创作时曾说，他始终为实现"一本书"的梦想所困扰，就是说，想完成堪称真正的诗的一本书，"因此我梦想这样一部作品：一部不会归入任何范畴、不会属于任何类型的作品，却包罗万象；一部难以定义的作品，却因定义的缺席而大可清晰地自我定义；一部未回应任何名字的作品，却一一担负起了那些名字；一部横无际涯的作品；一部涵盖天空中的大地、大地上的天空的作品；一部重新集结起空间所有游离之字词的作品，没人会怀疑这些字词的孤寂与难堪；一处所有痴迷于造物主——某个疯狂之欲望的尚未餍足之欲望——的场域之外的场域；最后，一部以碎片方式交稿的作品，其每个碎片都会成为另一本书的开端……"。

美国诗人保罗·奥斯特 (Paul Auster，1947—) 1992 年在其随笔集《饥饿的艺术》(*L'Art de la faim*) 中这样评价他的独特文体："(那些作品) 既非小说，也非诗歌，既非文论，又非戏剧，但又是所有这些形式的混合体；文本自身作为一个整体，无尽地游移于人物和对话之间，在情感充溢的抒情、散文体的评论以及歌谣和格言间穿梭，好似整个文本系由各种碎片拼接而成，却又不时地回归到作者提出的中心问题上来，即如何言说不可言说者。这个问题，既是犹太人的燔祭，也是文学本身。雅贝斯以其傲人的想象力纵身一跃，令二者珠联璧合。"

沉默是雅贝斯文本的核心。他在"问题之书系列"中详尽探讨了语言与沉默、书写与流亡、诗歌与学术、词语与死亡之间错综复杂的关系，以期超越沉默和语言内在的局限，对词语与意义的根源进行永无止境的探求，并借此阐发自己的思考和感悟。正如美国诗人罗伯特·邓肯（Robert Duncan，1919—1988）在其随笔《意义的谵语》（*The Delirium of Meaning*）中所说，"《问题之书》似乎是在逾越字面意义的边界，引发对意义中的意义、字词中的字词的怀疑和猜测"。雅贝斯正是凭借在创作中将犹太教经典的文本性与个人的哲学研究相结合的方法，通过持续不断地提出无休无止的问题、并借这些问题再行创作的超卓能力而获得了成功。

雅克·德里达高度评价雅贝斯的"问题之书系列"，他在《论埃德蒙·雅贝斯与书之问题》[①]一文中写道：

> 在《问题之书》中，那话语音犹未改，意亦未断，但语气更形凝重。一枝遒劲而古拙的根被发掘出来，根上曝露着一道年轮莫辨的伤口（因为雅贝斯告诉我们说，正是那根在言说，是那话语要生长，而诗意的话语恰恰于伤口处萌芽）：我之所

---

① 《论埃德蒙·雅贝斯与书之问题》（*Edmond Jabès et la question du livre*），原载雅克·德里达论文集《书写与差异》（*L'écriture et la différence*），法国：索耶出版社（Éditions du Seuil），1967，第99—116页。

指，就是那诞生了书写及其激情的某种犹太教……若无信实勤敏的文字，则历史无存。历史正因有其自身痛苦的折痕，方能在获取密码之际反躬自省。此种反省，也恰恰是历史的开端。唯一以反省为开端的当属历史。

雅贝斯这种尝试以片段暗示总体的"跳跃—抽象"创作模式以及他的马赛克式的诗歌技巧，对20世纪的诗人和作家产生了极其重大的影响。1987年，他因其诗歌创作的成就而荣获法国国家诗歌大奖。更为重要的是，他对后现代诗歌以及对莫里斯·布朗肖[1]、雅克·德里达等哲学家思想的影响，已然勾勒并界定出一幅后现代文学的文化景观，他自己也成为众多专家学者研究的对象。他的作品被译成包括英语、德语、西班牙语、瑞典语、希伯来语和意大利语在内的多种文字出版。特别值得一提的是，他的《问题之书》由罗丝玛丽·瓦尔德洛普[2]"以大师级的翻译"（卡明斯基[3]语）译成英文在美国出版时曾引起巨大的轰动，被视为重大的文学事件。

由广西师范大学出版社出版的这套《埃德蒙·雅贝斯文集》，系首

---

① 莫里斯·布朗肖（Maurice Blanchot，1907—2003），法国作家、哲学家和文学评论家，其著作对后结构主义有重大影响。

② 罗丝玛丽·瓦尔德洛普（Rosmarie Waldrop，1935—），美国诗人、翻译家和出版人，雅贝斯"问题之书系列"的英译者。生于德国，1958年移居美国。

③ 卡明斯基（Ilya Kaminsky，1977—），美国诗人、大学教授。犹太人，生于苏联（现乌克兰），1993年移居美国。所引文字系其为《ECCO世界诗选》（*The ECCO Anthology of International Poetry*）所作的序言《空气中的交谈》。

次面向中文读者译介这位大师。文集收录了"问题之书系列"的全部作品——《问题之书》《相似之书》《界限之书》和《腋下夹着一本袖珍书的异乡人》——以及诗集《我构筑我的家园》和随笔集《边缘之书》，共六种十八卷，基本涵盖了雅贝斯最重要的作品。

感谢我的好友叶安宁女士，她以其后现代文学批评的专业背景和精深的英文造诣，依据罗丝玛丽·瓦尔德洛普的英译本，对我的每部译稿进行了专业、细致的校订，避免了拙译的诸多舛误，使之能以其应有的面貌与读者见面。

感谢我的北大老同学萧晓明先生，他在国外不辞辛苦地为我查阅和购置雅贝斯作品及各种文献资料，为我的翻译和研究提供了巨大的帮助。

感谢中国社会科学院宗教研究所研究员黄陵渝女士，她对我在翻译过程中提出的犹太教方面的各种问题总能详尽地答疑解惑，使我受益匪浅。感谢我的北大校友、中国社会科学院宗教研究所研究员刘国鹏先生，是他介绍我与黄陵渝研究员结识。

感谢我的兄长刘柏祺先生，作为拙译的首位读者，他以其邃密的国文功底，向我提出了不少极有价值的修改建议，并一如既往地承担了全部译作的校对工作。

感谢法国驻华使馆原文化专员安黛宁女士（Mme. Delphine Halgand）和她的同事张艳女士、张琦女士和周梦琪女士（Mlle. Clémentine Blanchère）。她们在我翻译《埃德蒙·雅贝斯文集》的过程中曾给予我诸多支持。

感谢广西师范大学出版社多马先生，他为《埃德蒙·雅贝斯文集》的选题和出版付出了极大心血。

对译者而言，首次以中文译介埃德蒙·雅贝斯及其作品，是一个全新的挑战。因个人水平有限，译文中难免存在这样那样的谬误，还望方家不吝赐教。

译者

己亥年重阳于京北日新斋